励《はげ》み場《ば》

青山文平

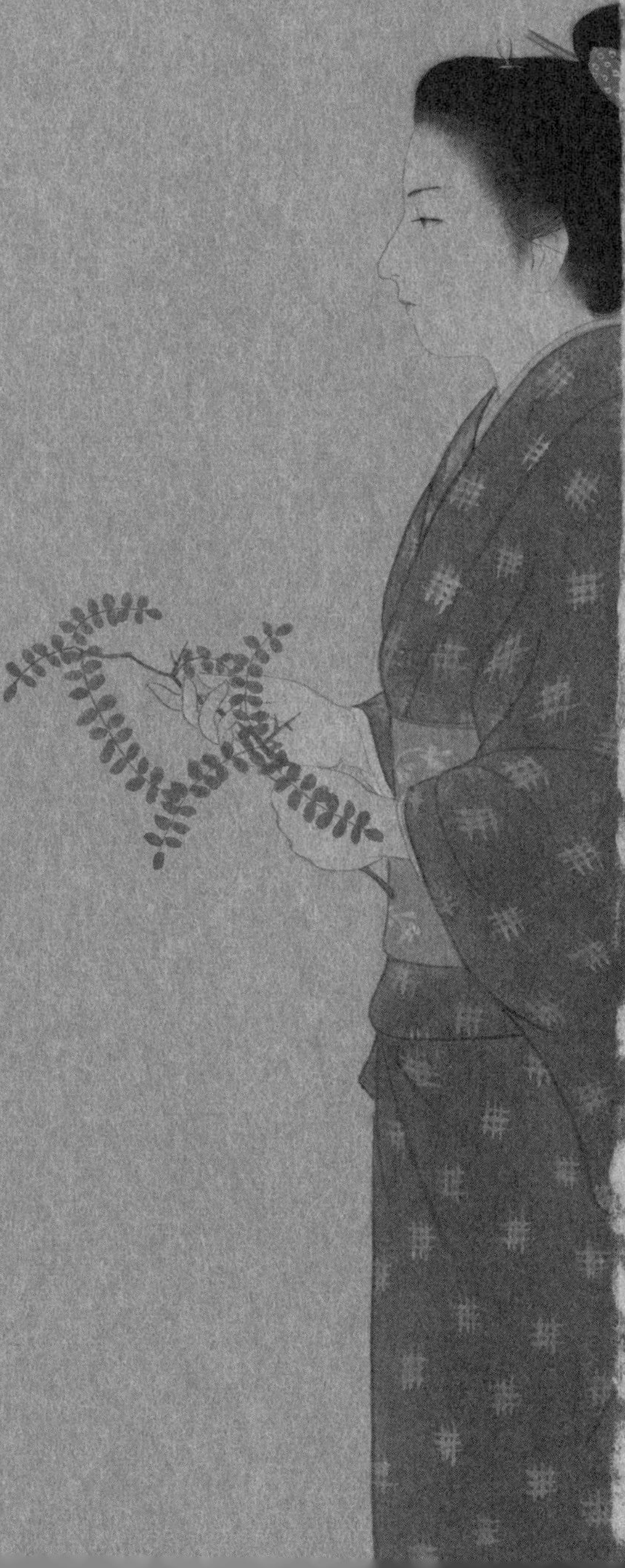

角川春樹事務所

励み場

装画　村田涼平
装幀　芦澤泰偉

〔一〕

「離縁は離縁で、けっこうたいへんなのよ」

姉の多喜《たき》は言った。

「女だけじゃなく、男のほうも、ね」

「そうなの」

朝餉《あさげ》の箸を動かしながら、智恵《ともえ》は受ける。江戸は下谷《したや》稲荷《いなり》裏の、智恵が笹森信郎《ささもりのぶお》と暮らす家作《かさく》である。

「あたしだって、三度目で初めて知ったんだけどさ」

細工所《さいくじょ》務めをしている御家人《ごけにん》の小ぶりな屋敷の敷地に、前の住人が地借りして建てた住まいで、庭も丹精したらしく、六月半ばのいまは紫陽花《あじさい》が美しい。そのたたずまいが気に入ったこともあって、三年ばかり前に江戸へ出てきて以来、ずっと借り受けている。

「別れた女房に去り状を渡さないまんま後添《のちぞえ》をもらったら、その亭主は処払《ところばら》いになっちゃうの」

この四月に多喜は三度目の離縁をして十行半《とくだりはん》の女になった。三行半《みくだりはん》が三回で十行半。十行半はかならずしも女をなじる文句じゃあない。どうころんだって男がついて回る、艶《つや》っぽい女という含みがある。姉は、まさにそういう十行半だ。

「分かる？　いま暮らしてるとこに、いられなくなるのよ。だからね」

もう三十を回ったのに、昨夜、湯から上がったばかりの浴衣《ゆかた》姿に出くわしたときは、同じ女であるにもかかわらず、胸元や腰のあたりの丸みから思わず目をそらしたりした。ほっそりとしているのに、多喜の躰《からだ》はどこもかしこも妙に丸い。あだっぽくて、江戸っぽくて、とても、つい昨日、北の国の在町《ざいまち》から江戸上がりしてきた女には見えない。

「ほんとうは受け取ってるんだけど、受け取ってないって訴え出てやろうかって思ってるの。こっちがしらばっくれて、去り状なんてないって言えば、あの男はただじゃ済まないんだから」

「あらあら」

智恵も一度、出戻っているが、そんなことは知らなかった。去り状ひとつにも、いろいろな因縁があるものだ。

「だってね。三行半に書いた離縁の理由が〝不埒《ふらち》の義、これあり〟よ。〝不埒の義、これあり〟。そりゃあ、あたしに好いた男ができたのはまちがいないけどさ。その恨みの文句をわざわざ去り状に書く男がどこにいるかっていうの」

多喜は好きに喋《しゃべ》りつづける。

「去り状っていうのは、たとえ女房がどんな不始末をしでかそうと、〝気合わずそうろうにつき〟とか、〝互いの縁これなく〟とか、理由をあいまいにぼかすのが当り前でしょ。それが、男の意気地《いきじ》ってもんでしょう」

箸は膳に置いたままだ。喋りに熱が入っているせいもあるが、それ以上に、飯《めし》も菜《さい》も口に合わないのだろう。智恵は、勘定所《かんじょうしょ》で普請役《ふしんやく》を務める信郎の、二十俵二人扶持《ぶち》の職禄だけで活計《たつき》をやりくりしている。多喜の奢《おご》った口を通りやすいように、朝から膳を調《ととの》えることなんてできやしない。

「そんな男だから、見切りつけてやったんだけど、あれでもすぐに後釜《あとがま》が見つかったみたいでさ。ま、家の身代《しんだい》だけはおっきいからね。たしかに去り状を受け取りましたっていう返り一札《いっさつ》をよこせって言ってきたわけ。あたしがもらってないとか言い出さないか、急に心配になったんでしょ」

多喜の三度目の亭主だった斉藤文次《さいとうぶんじ》は、智恵たちが育った石澤郡《せきざわぐん》の北岡《きたおか》という在町を根城《ねじろ》に手広く干鰯《ほしか》を商っている。ここへ来て一帯に綿花畑が急に広がり出したので、魚肥《うおごえ》は仕入れが追いつかないくらいらしい。綿花は呆れるほどの鰯《いわし》っ喰《く》いだ。その儲《もう》けで藩への才覚金《さいかくきん》を弾み、去年、斉藤という姓を手に入れた。

「馬鹿よね。わざわざ、そんなこと言ってくるから、こっちも、しらを切るっていうテがあったんだって気づいちゃったのに」

多喜が離縁になった理由は、有り体《てい》に言えば不義密通だ。文次が招いて遊歴《ゆうれき》に来ていた漢詩の詩人と理《わり》ない仲になった。御定法《ごじょうほう》どおりならば、多喜は死罪になる。三十二の大年増なのにまだまだ女盛りで、男という男にかわいいと思わせる顔が躰から離れてしまう。

でも、誰もそんな建前を受け入れたりはしない。みんながみんな、内済《ないさい》で済ます。文次も、カネなら溢《あふ》れ返っているはずなのに、多喜が嫁入りするときに持参した土産金《みやげきん》の返却を求めないという条件で折り合いをつけた。父の成宮《なるみや》理兵衛《へえ》もまた、切り餅八つの二百両を喜んで諦めた。姉が出戻ってくるのが嬉《うれ》しかったようだ。

理兵衛は石澤郡の村々にまんべんなく田畑を持っていて、三人の支配人と九人の預かり人を置かねばならぬほどの数の小作を抱えている。才覚金の力で姓を得たのは文次と同様だが、文次よりもずっと早く、十年ばかりも前に、晴れて成宮理兵衛になった。理兵衛なら、相手が求めれば追い銭だって出したのだろう。たとえ、すぐに四度目の縁があるのが分かっていても。

「ねっ、ちえのときはどうだった?」

「どうだったって?」

智恵はともえと読むが、多喜はときどきちえと呼ぶ。どうやら、肉親めいた情を覚えたときに、ちえになるようだが、多喜がそう感じたからといって、智恵もそうであるはずもなく、呼ばれた智恵はしばしばこそばゆくなる。幼い頃はさほどでもなかったような気がするのだが、いつしか、気持ちがそぐわなくなった。

「だから、去り状の理由の文句よ」

「さあ、覚えてないけど、ふつうだったんじゃないかしら」

ほんとうは覚えていないんじゃなくて、見ていない。自分は姉とはちがう。どこにでもころがっている、子ができないという理由で縁が切れた。だから、きっと三行半も、姉が望む決まり文句の〝互いの縁これなく〟だったのだろう。自分に代わって去り状に目を走らせたのは理兵衛で、離縁の理由ではなく、再縁を認める確約である〝再縁の義はいかようにでも差し支えなく〟の文言《もんごん》だけをたしかめると、うんうん、と声を洩《も》らした。姉とちがって、自分にはさっさと次の縁を見つけてほしいようだった。

「でも、あんたって、こう見てても、二度目って気がしないよね」

多喜は勝手に話題を替える。呼び方も、ちえからあんたに戻る。

「どういうこと？」

「丸髷《まるまげ》、まだ結《ゆ》い馴《な》れてないんですって感じだよ。初婚にしか見えない。あんたはずるいんだよね。そうやって、もう二十六だってのに楚々《そそ》としちゃってさ。あんたはいつもそうなんだ。お蔭《かげ》で、こっちはいかにも悪《わる》ずれしているように見られて、いつだって割を喰っちまう。ほんと、損な役回りだったらありゃしない」

多喜は北岡生まれなのに、江戸の水で育ったような喋り方をする。万事、江戸好みの理兵衛が、多喜の世話をする女衆《おんなしゅう》を江戸育ちで固めたからだ。自分のとっておきの娘には、地の言葉ではなく江戸言葉を操《あやつ》ってほしかったらしい。智恵もそのお裾分けにあずかって江戸言葉をつかうが、それは理兵衛が、智恵から多喜に地の言葉が移るのを怖れたからだった。

そういう育ち方をした多喜に、いまさらなにを抗弁しても詮《せん》ないくらいのことは智恵もとっくに弁《わきま》えていて、「損な役回り」などと言われても、ふんふん、と聞いていた。多喜の話を聞くコツは、話の中身を頭に溜《た》めないことだ。右の耳から左の耳へ、さっさと抜けさせる。

「だから、信郎さんもころっといっちまったんだろね。あんた、知ってる？　あのひと、いい婿《むこ》の口がいくらでもころがってたんだよ。引く手数多《あまた》ってやつだったんだ」

でも、鉾先《ほこさき》が夫の笹森信郎に向けば、話は別だ。聞き流すわけにはいかない。

「そりゃ、そうだよね。わずか二十五で山花《やまはな》の御《ご》陣《じん》屋《や》の元締め手代になったほどの切れ者だったんだから。あんなの、あとにも先にも信郎さんが初めてだろう」

智恵と多喜が育った北岡のある石澤郡は、百姓の身分に飽き足らない百姓にとっては胸騒ぎを誘う土地だった。

そこに広がる広大な盆地は、養蚕業のなかでもいっとう儲かる蚕種《さんしゅ》業、つまり、蚕の卵《かいこ》を厚紙《あつがみ》に植えつけた蚕種の商いの本場であり、めっぽう潤《うるお》っていた。その上、いくつもの国の飛領や幕府御領地、そして旗本の知行地などで細かく分かれた入り組み支配の土地で、それぞれの領地に数多くの代官所が置かれていた。

代官所という役所はどこも世帯が小さい。預り高五万石といえば、大名なら五百人を越える家臣を抱えるが、幕府御領地の代官所ならば三十人足らずだ。おのずと少数精鋭を目指さざるをえず、地方《じかた》の実務に秀でた者には身分に関わりなく声がかかる。まして、さまざまな代官所がひしめく石澤郡では、時に争奪戦の様相さえ呈した。

信郎も、この流れに乗った。十八歳になった年、他領から石澤郡の中心地、山花に来て、幕府代官所で書き役の席を得るや、みるみる頭角を現して平手代《ひらてだい》となり、そしてわずか七年で元締め手代となった。代官所の実務を動かしているのは、土地をよく識《し》る元締め手代であり、代官も一日も二日も置く。というよりも、優れた元締め手代を登用して、その力を存分に発揮させた者が、名代官と呼ばれることになる。しかるべき実績を残して任期を終えられるかどうかは、詰まるところ、元締め手代の働きしだいだ。信郎はそういう勘処《かんどころ》をよくわきまえている代官と出逢い、身上《みあ》がっていった。

「ふつう、あの齢《とし》で元締め手代まで上り詰めたら、あることないことさんざ言われるものさ。信郎さんにしたって、いい話ってばかりじゃないけど、少なくとも、あのひとには敵らしい敵がいない。それだけだって凄《すご》いって、みんな感心してるよ。うまいんだよね、やり方が。あのいけすかない文次ですら、信郎さんのこととなると、わるく言わなくてさ。あの御仁《ごじん》はデコボコの見つけ方が尋常じゃあないほどうまいんだって言ってたっけ」

「デコボコの見つけ方……」

そんな話は初めて聞く。

「あたしもどういうことかと思って、聞いてみたの。なんか、信郎さんの話になったら、あの文次が急にまともな人間に見え出してね。そしたら、ほらっ、ほんとうはお米が十穫《と》れる田んぼがあるとするでしょ。それが田んぼによっては、八穫れることになってたり、十二穫れることになってたり、まちまちなんだって。で、年貢を納めるとき、十しか穫れないのに十二も穫れることになっているって、文句をつけてきた農家があったとしたらさ。あんたんとこには、十穫れるのに八しか穫れないことになっている田んぼもあるだろう、均《なら》せば十じゃないかって諭《さと》すわけ」

聞けば、いかにも信郎らしいと、智恵は思った。あのひとがデコボコを均そうとするのは、努めてそうしているのではなく性分《しょうぶん》だ。デコボコが気になる質《たち》だから、どうしたって目についてしまう。で、見ると、放っておくのが気色《きしょく》わるくて、どうにかすることになる。けっして、やり方がうまいわけじゃあないのだ。うまくやることができるひとなら、自分なんかと一緒になったりはしない。

「田んぼだけじゃなく、信郎さんはなんにつけそうなんだってよ。田んぼと畑とか、畑と秣場《まぐさば》とかね、いままでだったら、それこそ畑ちがいで、同じ土俵に上がんなかったものまで、デコボコという土俵に乗っけて平らにしていくらしい。あんたは畑ではボコだけど、秣場ではデコだとかね。そうやって均していくから、みんな得心《とくしん》するしかないみたいなんだけど、それもこれも、どこがどうデコボコしているかをきっちり摑《つか》んでいるからこそできることなんだって。同じやり方で、御陣屋のお役人を説得して、御法《ごほう》を踏み外さずに農家に便宜《べんぎ》を図ってもくれるしね。そんなことができるのは、山花の御陣屋でも信郎さんくらいのものだって言ってたよ。よく御領地を回って、よく観《み》ているって」

智恵は箸を置いて、やはり、小鰈《こがれい》のひと塩くらい出せばよかったかと思った。朝から魚なか膳に乗せたら、三日前に御用旅《ごようたび》で成沢郡《なるさわぐん》へ発《た》った信郎に申し訳が立たないと思って控えたけれど、姉だって、遠い北岡からにしてはよく顔を出すとはいえ、年に三度はない。こうして春先と夏の終わり、俳諧をやる理兵衛の使いで、筆や短冊を求めに来るついでに二泊するだけだ。あとの何泊かは理兵衛が江戸に出たときに使う柳原《やなぎわら》通り沿いの定宿《じょうやど》で過ごす。理兵衛のような上得意だけを客筋にしている豪奢《ごうしゃ》な宿だ。たった二度の朝餉くらい筋なんて通さず、思い切って奢って、多喜の口に合わせてもよかったかもしれない。夕べ、寒くなるまではけっして焚《た》かないお風呂だって、奮発してしまったんだし。

「それくらい仕事ができる上に、ちっとも偉《えら》ぶらないし、目元が涼しげないい男ときている。おまけに、若くて初婚だしね。婿《むこ》をとらなきゃなんない家にとっちゃあ涎《よだれ》もんさ。嫁に出す家にしたって、信郎さんみたいなひとが親族になってくれたら、どんなに頼もしいか分かりゃしない。ただの平手代だって、それで御陣屋とつながるわけだから、そりゃあ心強い。みんな、なんとかして伝《つて》をつけたいと思ってるのに、あの元締め手代の笹森信郎だよ。当人を目の前にしてこう言うのもなんだけどさ、あんたとの話がまとまったときには、もう町中の噂になったものよ」

「なんで、あたしなんだって?」

智恵はそう言ってから、明日は小鰈でもなんでも出そうと思いつつ、茶を淹《い》れた。

「有り体に言えば、そうさ。気に障《さわ》った? そりゃ障るよね。ごめんね。ちっと口が滑りすぎちまった」

「ううん。ちっとも」

無理はしていない。

気に障ってなどいない。

あの頃は、智恵自身、そのことばかりを考えていた。

なんで、あたしなの？　って。


同じ石澤郡でも、智恵と多喜が育った北岡は秋川藩《あきかわ》の飛び領にあって、信郎が勤める山花陣屋は幕府御領地にあった。隣り合ってはいるが、支配がちがう。

けれど、垣根は低い。なにしろ二十近い領地が入り組んでいる土地だ。しかも、諸国の領地はすべて飛び領で、天守閣がそびえる城付き領はひとつもない。殿様や重臣のいる城付き領から遠く隔たっているということは、もろもろの縛りがゆるいということだ。

蚕種や綿花などの商いが盛んになったのも、いちばんの理由はこの縛りのゆるさにある。規制が少ないから、出る杭が打たれることがない。つまりは、伸びるべきものが伸びる。諸国にしてもそのあたりのことは承知しているようで、どこまで企《たくら》んだものなのかどうかは分からなかったが、城付き領では外《はず》せない規制をなしくずしにすることで、国の稼ぎ頭に育てている風なところがあった。それぞれの領地に暮らす者が、それぞれに、自由に才覚をはためかせていたのである。

　とはいえ、石澤郡として、ひとつのまとまりを示す必要だって、あることはあって、そういうときは誰が決めるともなく幕府御領地の山花陣屋が軸になった。おのずと、秋川藩飛び領でも指折りの豪農である理兵衛の屋敷で、山花陣屋元締め手代の信郎の姿を見かけることはめずらしくなく、智恵も茶を運ぶときなどに三度ばかり顔を合わせていた。

　当時、智恵は二十二、信郎は二十七で、齢回《としまわ》りだけなら、頃合いの二人に見えたっておかしくはない。でも、十九歳で嫁《か》した婚家《こんか》より三年振りに出戻ったばかりの智恵にしてみれば、まだ、そんな気持ちにはさらさらなれず、それに、信郎の噂は否応《いやおう》なく女衆などから入っていて、自分とはちがう世界のおひとと見なしていた。

　折しも、智恵よりもわずかに先に、多喜も二度目の離縁で成宮の家に戻っていた。そのときは病《やまい》での死に別れということになっていたが、なにしろ多喜のことだから、いろいろと話に尾《お》鰭《ひれ》がつく。やれ、多喜の浮気癖に苦しんだ亭主が首を吊《つ》ったのだとか、そうではなくて、祝言《しゅうげん》は挙げたものの多喜に相手にされなくて悩んでいたのだとか、目立ちすぎる者の常で、もう言われ放題に言われたものだった。

　二度の離縁に加えて、そういう曰《いわ》く付きだったものだから、別れたばかりの多喜と初婚の信郎を結びつけて考える人はすくなかったが、智恵から見れば、自分と信郎よりはまだ現実味があったし、理兵衛にもそれを望んでいる風がありありだった。成宮の家の跡を継ぐことになるのは、多喜より八つも下の弟の雅之《まさゆき》で、理兵衛の目には、浄瑠璃語《じょうるり》りにうつつを抜かす姿がなんとも頼りなく、山花陣屋元締め手代の信郎が雅之の義兄になってくれれば願ったりだったのである。

たしかに多喜が嫁《とつ》げば三度目になるが、女の再縁はさしたる引け目にならないと、理兵衛は踏んでいた。すくなくとも在方《ざいかた》では、問題にされない。むしろ、初婚の女よりも世間をよく知っていて、家のことを任せやすいとして歓迎されることすらある。多喜がそういう頼りになる出戻りかどうかはともあれ、世間の受け止め方はそうだ。齢にしたって、多喜がひとつ上なだけで、そんな例ならいくらだってある。よしんば、そういうもろもろが負い目になるにしても、その程度の負い目ならば、多喜のとびっきりの女っぷりと、自分の財力と人脈をもってすれば、補って余りあると理兵衛は見なしていた。

理兵衛からすれば、すでに信郎は二十代の半ばにして上り詰めてしまったようなものだった。いくら仕事ができようと、百姓の出である以上、もうこれより上はない。唯一、考えられるのは、江戸に戻る代官の伝を頼って、勘定所雇い入れの普請役になるか、御家人株を買うかして武家の末端に連なり、とりあえず御家人身分の支配勘定《しはいかんじょう》を目指すことだが、ちっとでも目端《めはし》の利《き》く者なら、そんな割に合わない籤《くじ》は引かない。

勘定所に潜り込めたとして、そもそも支配勘定になれるかどうかが分からないし、なれたとしたって、支配勘定どまりならば、わざわざ苦労をする意味がない。支配勘定を目指すのは、その上の旗本格の勘定《かんじょう》になり、さらにその上の勘定組頭《かんじょうくみがしら》になるためであって、そうなると、もう千両籤に当たるようなものになる。まっとうな人間なら、考えるまでもなく間尺《ましゃく》に合わないのが分かる。

それに、実入りについてだけ言えば、山花陣屋の元締め手代は、勘定組頭はともかく、勘定とならば、けっして引けを取らない。信郎は妙に身ぎれいで、意図して金から遠ざかるような癖《へき》が見受けられるが、腹をくくって流れに任せれば、すこし領民に便宜をはかるだけで相当の見返りを期待することができる。別に御法を犯さずとも、五年もつづければ、並の才覚の者ですら、ひと財産貯《た》まるのが当り前で、いまさら慣れぬ江戸へ出て、勘定所の使い走りをする意味などさらさらない。

信郎も馬鹿ではなかろうから、おそらくこのまま山花にとどまるだろうし、そうなれば、元締め手代の次を考えるとき、自分の持てるものが大いに力になるはずである。再び百姓に戻って、自分のような豪農になるにせよ、石澤郡全体の百姓の代表である郡中惣代《ぐんちゅうそうだい》になるにせよ、持つべきものは後ろ盾だ。己の才覚だけでたどり着ける場処《ばしょ》など限られている。さらに上を目指すなら、こんどは、もっと泥臭いものが入り用になるくらい、切れ者の信郎ならとうに承知しているだろう。もしも自分が信郎の立場にいれば、さして迷うこともなく多喜との縁を選ぶ。理兵衛は大まじめに、多喜と信郎の縁組に期待をかけていたのである。

そういう理兵衛の想《おも》いは、なにしろ妙につながりの強い父娘《おやこ》なので、多喜に語らずとも伝わって、多喜も同じ心積もりでいるように、智恵には映った。

となれば、元々そんな気なんてないけれど、あったとしたって、もう自分の出る幕なんてどこにもない。多喜は二十八になったが、童女のような顔立ちのせいか、二十一、二にしか見えない。二度、出戻ってはいても、多喜のことだから所帯やつれなどするはずもなく、逆に、ますます妖しく美しくなっている。罪のない、虫も殺さぬ風の顔だからこそ、いっそう女の性が匂い立つ。それをまた当人が承知しているものだから、すこぶる上手につかう。艶っぽさがいやが上にも際立って、凄《すご》みさえ感じさせてくれる。多喜に狙われて、落ちない男なんていない。その上、石澤郡全体を見わたしても指折りの小作持ちである理兵衛の愛情を、一身に集めているのだ。

いくら女がどこまでも張り合わざるをえない生き物とはいえ、ここまで差が開けば、頭の片隅に信郎を想い浮かべるのさえばかばかしい。それでも、信郎というひとそのものは、ほっそりとした面相といい、躰つきといい、はたまたいつも涼しげな様子といい、言ってみれば胡瓜《きゅうり》のような匂いを漂わせていて、智恵の好みではある。顔を合わせれば、気持ちがまったく波打たないわけではなかったけれど、そんなものはそんなものとして分けておくくらいの分別は智恵にもたっぷりとあり、義兄として接する心構えは万全だった。

だから、出戻ってひと月ほどしてから理兵衛に呼ばれ、おまえに再縁の話がきている、と告げられたときは、よもや、信郎との縁組とは想わず、一呼吸置いてから、相手が誰かも聞かぬうちに、よろしくお願い申します、と答えた。

初婚のときも、相手のことも婚家のことも尋ねなかった。そんなことはどうでもいいから、とにかく成宮の屋敷を出たかった。どうせ農家ではあろうから、いっぱい赤子を産んで、どんどん肥えて、さっさと、いっぱしの農家の嫁になろうと思った。ずっしりと重くなって、しっかりと居場処《いばしょ》をこさえて、臼《うす》のように動かない。そうやって、二度と成宮の家には戻るまいと決めた。けれど、いっぱいどころか赤子は一人として授からず、結局、帰らないと決めた家に帰る羽目になった。

さすがに、戻った当初は、子なしで三年過ごした疲れが溜まっていて、再縁のことなど考える気にもなれなかったが、ひと月が経てば、成宮の屋敷を出たいという想いがふつふつとぶり返す。子をなさなかったがゆえの離縁ということで、はたしてそういう話がくるものかどうかは分からなかったが、もしも、きてくれたら、また初婚のときのように、話の中身も聞かずに受けるつもりだった。

だから、相手が信郎と聞かされたときは、驚く前に、自分が聞きまちがえたのだと思った。きっと、多喜の再縁を、自分の再縁と取りちがえたのだと思い込み、二度ばかり、多喜の話ではないのかとたしかめた。理兵衛はそのたびに気に喰わない様子を隠さずに、そうではないと答え、智恵はその顔つきから、たしかに自分の再縁なんだ、と知ることができた。

そうと分かって、すぐに湧いた想いが、なんで、あたしなの？　だった。

戻ってから、ひと月のあいだ、なんの用向きがあったのか、信郎はけっこう頻繁に成宮の屋敷を訪れて、智恵も三度ほど茶を出した。顔を合わせたのはそのときくらいのもので、二人だけで会ったことなど一度もない。言葉を交わしたのも、たしか二度目のとき、庭に枝葉を伸ばすサイカチの大樹《たいじゅ》について尋ねられ、答えたのがすべてである。

座敷へ茶を運ぶと、たまたま理兵衛がなにかで席を外していて、信郎は庭に顔を向けていた。挨拶の口上だけを述べて、茶碗を置き、下がろうとしたとき、信郎が、誰に向かって話しているのか分からないような口調で、あのサイカチですが……と言ったのだ。

「棘《とげ》が、思い出せんのです」

すぐには、信郎がなにを言いたいのか、分からなかった。

「種《たね》は……サイカチの種は、咳止《せきど》めや痰《たん》を切るのに使いますよね」

他には誰もいないのだから、たぶん、自分に言っているんだろうと思い、すこしだけ記憶をたぐり寄せてから、智恵は応えた。

「はい。そうでしたね」

「同じ種でも、実ではなくて鞘《さや》のほうは洗濯にもちいる。それも覚えておるのですが、棘はなんの役に立つんだったたか……思い出せなくて」

「ああ……」

サイカチの太い幹には、これでは猿も登れまいと思えるほどの、大きくて鋭い棘が生えている。

「たしか、腫れ物の、毒消しではなかったでしょうか」

「ああ、そうか。そうでした」

「よろしいですか」

このひとはたしかに自分に向かって喋ったのだと思うと、知らずに唇の端《はし》がゆるんで、勝手に洩れようとする笑みを抑えながら、智恵が膝を浮かせかけると、信郎は、もうひとつ、とつづけた。

「種の鞘は、どのくらいの分量で、どれほどのものが洗えるものでしょう」

「ずいぶん洗えます」

智恵も、婚家でサイカチの鞘を使っていた。

「鞘ひとつで、着物が一反洗えます」

サイカチは他に葉の若芽も使えて、天婦羅にすると美味《おい》しいのだけれど、それを口にするのはしゃしゃり出すぎだろうと己を諫《いさ》めたところで、理兵衛が戻って、智恵は会釈をして座敷を離れた。それが、智恵と信郎の交わりのすべてだった。サイカチの若芽抜きの、種と、鞘と、棘の話だけで、智恵と信郎は繋《つな》がっていた。サイカチの話ひとつだって、すべてを尽くしてはいない。

だから、智恵はさまざまに考えなければならなかった。

なんで、あたしなの？

最初に想い浮かんだのは、単に名前をまちがえたのではないかということだった。多喜のつもりで智恵と言ってしまって、それで、引っ込みがつかなくなったのではないか。次に考えたのは、信郎が占いかなんかを信じる人で、たまたまなにかの占いで自分が当てはまるような卦《け》が出たのではないか、ということだった。そうやって、ああでもない、こうでもないと繰り返すうちに、ふっと、怖《お》じ気《け》づいたのではないかという考えが浮かんだ。多喜の凄《すさ》まじい美しさに、怖じ気づいたのではないか……。

成宮の家と繋がるために多喜との縁を望んだのだけれど、いざとなると、あまりに凄艶《せいえん》で気《き》後《おく》れがする。贅沢《ぜいたく》いっぱいで育ちもしたし、いろいろとがんばらなければいけなそうで、どうにも厄介だ。そんなときに、扱いやすそうな自分が出戻ってきた。で、多喜でも自分でも、成宮と縁つながりになるという点では変わることがなかろうという気になったのではないか……。

我ながら底意地《そこいじ》がわるくて、穿《うが》った見方だとは思ったけれど、そうと考えつくと、とたんに不安にかられた。

あのひとは考えちがいをしている。

あたしのことをなんにも分かっちゃいない。

このまま祝言を上げたら、さぞかし後悔するだろう。

だから、手遅れになる前に、なんとしてもそのことだけは信郎に問いたださなければならないと思った。なんで自分なのかは、答を聞くのが怖くて尋ねることができないけれど、その疑いだけは信郎のためにも、たしかめなければならない。

再縁話のあとに、成宮の家へ顔を出した信郎に、二人になったときを見はからって話があると言うと、信郎も、わたくしもです、と答えた。庭の薬草のたぐいを案内する風をして、サイカチの樹の下に行き、まずは最初に持ちかけた智恵から切り出した。

「笹森様はご存知なのでしょうか」

そこなら、屋敷から姿が見えるけれど、声は届かない。

「なにを、でしょう」

信郎はいつも、丁寧な話し方をした。誰に対しても変わらなかった。智恵にも多喜にも、百姓にも上役にも理兵衛にも、同じ物言いをした。それも、智恵が、信郎を好ましく思った理由のひとつだ。

「わたしが猫だということです」

思い切って、言った。

「猫……」

「もらい猫、です」

初めて、他人に口にする言葉だった。

「姉が十一歳のとき、妹が欲しいと、父にねだりました」

ことさらに己を卑下《ひげ》して、「もらい猫」と言っているのではなかった。

「でも、そのとき亡き成宮の母はもう子供を産める躰ではなかったので、どこからか、父が五歳のわたしをもらってきて、姉に与えたんです。わたしはもらい猫なんです」

憐憫《れんびん》を得ようとしているわけでもない。そもそも、智恵にとって「もらい猫」は自分のための言葉で、他人に語る言葉ではなかった。頭のなかで自分の境遇を考えるとき、ずっと「もらい猫」で通してきた。「もらいっ子」よりも「もらい猫」のほうが、どこか他人事《ひとごと》めいて、使いやすかったのだ。

ひとの子がもらわれるのは珍しいことではないが、けっして当り前でもなかろう。けれど、猫の子なら、もらわれるのが当り前だし、そして、もらわれれば幸運だった。猫の子にとって最高の上がり目は、もらわれることだ。だから、〝でも、もらいっ子だから〟と考えるより、〝でも、もらい猫だから〟と考えたほうが、己に甘えることなく、覚《さ》めて考えることができた。他人《ひと》が聞いたら、やはり、卑下と感じてしまうのだろうが、このことに限っては、聞く側のことまで考える余裕はなかったし、どうせ誰にも話しはしないのだから、それでよいのだと思っていた。

「だから、成宮の家の助力は期待できないと申し上げているのではありません。父は笹森様をとても頼りにしているので、あるいは、わたしとの縁でも笹森様のお手伝いをさせていただくかもしれません。でも、姉とのように縁つながりになるわけではない、ことだけはご承知おきください。そして、もしも、それでは話がちがうということでしたら、遠慮なくおっしゃってください。笹森様はわたしをご存知なかったのですから、いまならばまだ、なかったことにできます」

もらわれてきたからといって、智恵が成宮の家でみじめな想いを味わったことは一度もない。粗略に扱われたことがなかったどころか、多喜とのちがいを思い知らされたことだって皆無と言える。同じ座敷で同じ膳をとり、同じ着物を着て、同じ習い事をした。
とはいえ、それは智恵を想ってのことではなく、あくまで、多喜のためだった。二人を分け隔てて扱って、智恵にみじめな想いをさせるほど、理兵衛の多喜に対する愛情は小さくなかったということだ。

多喜がなにかの道具を欲しいと言えば、理兵衛はいつも最上のものを買い与えた。石澤郡の北岡と三都との距離は、ないも同じだった。江戸からも京都からも大坂からも、すぐ隣りの町からのように物を取り寄せた。当然、出来合いではなく、念入りに誂《あつら》えた物だ。着物などは、すでにある反物から選ぶのではなく、一から染めさせたし、織らせた。

物でさえそうなのだから、多喜の妹が、並品《なみひん》であってよいはずがない。それでは、多喜にケチがついてしまう。生来の美しさが翳《かげ》ってしまう。多喜の最上の妹であるために、智恵はいやというほど、贅沢をしなければならなかった。

だから、出たかった。相手なんて誰でもいいから、とにかく成宮の屋敷を出たかった。お仕着せの贅沢は、もう堪忍してほしかった。多喜の引き立て役になるのが、いやなのではない。自分ひとりでものを考えるときですら、多喜の妹を抜け出ることができないのがいやだった。あたしはあたしになりたかった。

「いろいろ、お答えしなければならないことがありますが……」

なぜか信郎はサイカチの棘の腹を指でさすっていて、すこしすると、指先を棘の先に移し、ちょんちょんと触れてから言った。

「まず、詳しい事情は存じませんが、わたくしは、あなたが実のお子ではないことだけは了解しています」

ふっと、躰の力が抜けた。それで、力が入っていたことが分かった。

「そして、わたくしは成宮家と縁つながりになりたくて、あなたを妻に欲しいと申し出たわけではありません」

声はいつもの信郎となんら変わらずに平《たい》らかで、智恵は場ちがいを感じつつ、ああ、このひとはいいな、と思った。このひとはサイカチの……いかつい棘でいっぱいの大樹の、柔らかい若芽に似ている。

「そもそも、わたくしには助力は必要ないのです」

「必要ない……」

「ええ、ほどなく、わたくしはこの石澤郡を出ることになります。以前より、それをあなたに、お伝えしなければならないと思っていました」

智恵は、先刻、話があると言ったとき、わたくしもです、と答えた信郎の顔つきを想い浮かべた。

「もしも、妻になってもらうと、このご実家を遠く離れなければなりません。そのことを承知の上で、返事をいただきたかった。それが、わたくしのほうの話です」

智恵の張り詰めていた気持ちが空を切る。ずっと他人には語るまいと思っていたことを明かしたつもりなのに、あっさりと知っていると返され、その上、この土地を間もなく出ると言う。それじたいは、むしろ智恵の意に添っていなくはなかったけれど、あまりに急な話の成り行きについていくことができず、とりあえず、どこへ行く気なのかを尋ねた。

「行く先のほうはもう決めていらっしゃるのですか」

「はい、江戸です」

即座に、信郎は答えた。

「江戸で、なにをされるのですか」

「武家になります」

「お武家さまに？」

「ええ」

話はますます、想ってもみない方向へ進んでいった。智恵にはまるで、胡瓜が西瓜《すいか》になる、と言っているように聞こえた。智恵は、百姓が武家に身上がる路《みち》があることを知らなかった。百姓は百姓、武家は武家と思いこんでいて、疑うことを知らなかった。

「笹森様は、お武家さまになりたいのですか」

「なりたい、のではなく……」

話は雲をつかむようなのに、口調はたしかだった。

「ならなければ、ならんのです」

そして、すぐにつづけた。

「わたくしは名子《なご》ですから」

ああ、と智恵は思った。

曖昧としていたもろもろが、いちどきに輪郭を結んでいくような感触があった。

なんで信郎が武家にならなければならないのか……分かったとは言わないまでも察しはついたし、他にもいろいろと腑《ふ》に落ちた。

なぜ、信郎が誰に対しても変わらずに丁寧な話し方をするのかも。

そして、たぶん、なんで、あたしなのか、についても。

きっと匂うのだ、と智恵は思った。


成宮の母は、喜代《きよ》といった。

弟の雅之を産んだときの産褥《さんじょく》がわるく、幾日もたらつきから戻らなかったほどで、なんとか一命をとりとめてからも、重い心の臓の患《わずら》いが残った。

それでも、智恵が北岡の地に来たばかりの頃は、まだ時々は家仕事もできていて、智恵は庭のクチナシやクコの実を摘《つ》むのを手伝ったものだった。成宮の屋敷の庭は、薬になる草や樹で溢れていた。

クチナシの実のサンシシは熱冷ましや毒消しになったし、クコの実は強壮に効いた。サイカチの種や棘の話を教わったのも、喜代からだ。喜代は〝鄙《ひな》には稀《まれ》な〟と言ってよいのだろう、樹陰に小さく開く白い花のようなひとで、喜代が差し出すてのひらにだけは、すっと指をからませることができた。

そのてのひらの温かみを知ってから、わずか一年余りの後、喜代の躰は冷たくなった。心の臓の発作だった。産後にはめずらしくないらしいけれど、六つの子供にそんなことが分かるはずもなく、気持ちの底がしんと冷えた。そして、これで自分はこの家を出されるのだと思った。智恵が成宮の娘になって間もない頃、喜代と理兵衛が話しているのを、座敷からは物陰になる廊下で聞いたからだ。

「名子なのですか」

喜代が理兵衛に言った。子供心に、自分が耳にしてはいけない話であることが伝わって、そこから遠ざかろうとするのだが、躰が金縛りに遭《あ》ったように動かない。

「名子は名子だが、ちゃんとした名子なのだ」

理兵衛は答えた。

「ちゃんとした名子ならば、小前《こまえ》なんぞよりよほどいい」

名子がなにかは分からなかったけれど、小前がふつうの平百姓《ひらびゃくしょう》を指すことはなんとなく分かった。

「あの子はそういう名子なのですね」

「戦が絶えて百五十年から経《た》っても、土地によっては、あの頃の気風をそのまま残している村だってあるし、草分け名主もいる。つまりは、昔のまんまの名子もつづいているってわけだ。そういう名子の家に育った子が、あの子さ」

「わたしは別によいですよ。そういう名子でなくとも。あの子なら、よいです。あの子はあの子ですから」

むろん、話のぜんぶを分かるわけもない。でも、喜代と理兵衛の言ったあの子が自分であることは、五歳の智恵の胸にくっきりと刻み込まれた。

とはいっても、自分がただの名子なのか、それともちゃんとした名子なのかは知るべくもなかった。そもそも、名子がなにかを分からないのだ。もしも理兵衛の話を鵜呑《うの》みにしていれば、自分はちゃんとした名子なのだと思えたのだろうけれど、幼い智恵の耳には、なぜか喜代の言葉だけが残った。自分がこの家にいられるのは、喜代が、たとえ、ちゃんとした名子でなくとも、〝あの子なら、よい〟と言ってくれているからだと思いこんだ。だから、喜代がいなくなれば、自分もこの家にはいられなくなる。

喜代の野辺送り《のべおく》が済んで幾日かが経ったある日、智恵は意を決して自分から成宮の家を出た。前をしっかりと見て、顎《あご》を引き、門を出てからは一度も後ろを振り返らなかった。しかし、おとなの目からすれば、よほど数日来の様子がおかしかったのだろう。屋敷のサイカチの大樹が見えなくなる処まで行かぬうちに、男衆《おとこしゅう》に見つけられて連れ戻された。

名子がなにを指すかは、長ずるにつれ耳に入ってきた。九歳の頃に、問わずとも知った答は、名主をはじめとする大百姓の家の使用人ということだった。でも、そんな答では智恵は得心がいかなかった。それでは、成宮の家の男衆や女衆もみんな名子になる。小作を取り仕切る支配人や預かり人だって名子だ。でも、名子を語るときの喜代と理兵衛には、外聞をはばかる風があった。子供ながらに、誰彼なく訊《き》いてよい話でないことが分かった。あのひとたちは、どうしたって名子なんかじゃない。

智恵は慎重に、尋ねるべき相手を見定めた。当てはあった。喜代が存命の頃、お付きの下男をしていて、五十歳を回ったいまは、小作の預かり人をしている弥吉《やきち》だ。喜代は男衆のなかでも弥吉だけに気を許していて、おのずと智恵にとっても味方のような気持ちを抱くことができたし、それに、評判によれば、弥吉はいい預かり人ではなかった。つまり、小作の絞り方がゆるかった。きっと、優しいひとにちがいないと、智恵は想った。

けれど、その分、けじめのないひとで、智恵から訊かれたことを、誰彼なく洩らしたりするかもしれない。智恵は意識して、目を注いだ。日頃、弥吉は自分よりもずっと若い四十代の支配人にあれこれと指図されている。もしも堪《こら》え性《しょう》がなければ、すぐに地が出るはずだった。はたして、弥吉は若い支配人にどんなに横柄《おうへい》な態度に出られてもいつも淡々として、自分のほうが奉公して長い、というような素振りを見せることがまったくなかった。このひとは他の男衆とはちがうと、智恵は思った。でも、尋ねてよいひとかどうかは、まだ分からない。

たしかめる機会は、智恵が十三になったときにやってきた。町へお裁縫の稽古に出るとき、弥吉が付き添いについた。

「悔しく思ったりはしないの」

折を見はからって、聞いた。

「めっそうもありません」

即座に、弥吉は答えた。

「仕事のできる者が上に立つのは当り前のことで、齢は関わりありません。仕事ができずに下に回った者が、上の言うことを聞くのも当り前です。こいつをおろそかにしたら、どんなに大きな身代だって、いずれは傾いてしまいます」

「でも、弥吉さんは小作のことを考えて、わざと厳しくしないんでしょう」

「そいつはちがいますよ、お嬢さん」

きっぱりと、弥吉は言った。

「他の地主の小作と比べれば、うちの小作はずいぶんと恵まれているんです。そのゆるい決まりさえ守らせることができないのは、ひとえに手前がだらしないからで、ほんとうはお暇《いとま》を言い渡されたってしかたないんです。なのに、こうしていさせていただいて、旦那様には感謝の申し上げようもありません」

やはり、このひとなら信用してもよさそうだ、とは思ったが、智恵は、すぐに、それでは、と動くような育ち方はしていない。智恵が弥吉に名子とはなにかを尋ねたのは、それからさらに半年が経ってからだった。この前と同じようにお裁縫の稽古に出た帰りに、生前の喜代がよく詣でていた神社の前にある茶屋でひと休みをした。蚕の神様である白蚕明神《しらこみょうじん》を祀《まつ》る神社で、喜代は躰をこわしてからも、白蚕様の例大祭《れいたいさい》のときだけは欠かさずに詣でて、帰りにはかならずその茶屋に寄った。

「名子というのは、どういうひとたちを言うのでしょう」

もはや、智恵はもってまわった問い方はしなかった。じっくりと何年もかけて見定めて、ようやく、このひとから訊くと決めたのだ。

「はあ」

季節は初夏《はつなつ》で、二人は床机《しょうぎ》に並んで座って、麦湯を飲んでいた。弥吉に尋ねるなら、そこと、智恵は決めていた。鎮守の森を渡る風が届くそこなら、きっと、喜代も一緒にいてくれる。他に、客はいなかった。いるのは智恵と弥吉と、そして喜代だけだ。

「名子、ですか……」

ふっと小さく息をしてから、弥吉は言った。

「この土地には、名子はいません。名子のような者はいますが、名子はいない」

「いない……？」

「ま、使用人という意味で、名子という言葉を使ったりすることはあるでしょうが、ほんとうの意味での名子はいない、と言っていいでしょう」

「なんで、いないのでしょう」

やはり、成宮の家の男衆や女衆は名子ではないのだと思いつつ、智恵は訊いた。

「この石澤郡の村は、ほとんどが新田村《しんでんむら》だからです」

新田村とは、徳川の公方様《くぼうさま》の御代《みよ》になって新しく拓《ひら》かれた田畑に、ひとが入植してできた村だった。それよりも前にすでにあった古くからの村は、本田村《ほんでんむら》と言う。石澤郡の空気がゆるいのは、飛び領の集まりという土地柄に加えて、新田村ばかりで、由緒を持つ名主が君臨する本田村が数えるほどしかないという事情もあった。言ってみれば、新参者だけの土地なのだ。

「なぜ、新田村だと名子がいないのですか」

「ほんとうの名子は、本田村にしかいないのです」

その、ほんとうの名子が、理兵衛の言ったちゃんとした名子なのだろうか。

「このあたりでは、大百姓の家の使用人を名子と言ったりすることがあります。しかし、新田村ですから、使う大百姓も、使われる使用人も、元はといえば、どっちも他所《よそ》の土地から移ってきた者です。たまたま雇われて、使う、使われる、の関わりになっているだけなので、いつ、その関わりが変わるか分かりません。でも、本田村の、ほんとうの名子は、使用人ではない。雇われているのではなく、主家《しゅけ》に仕《つか》えているのです」

「仕えている……？」

「つまり、家来ということです」

「家来、ですか」

家来と使用人は、どうちがうのだろう。

「元々は、百姓ではないのですよ」

「えっ」

「武家だったのです。主家も、そして名子も。だから、使用人ではなく、家来なのです。新田村の使用人のように、いつ変わるか分からないような関わりではありません。殿様と、家臣の関わりなのです。容易には切れない」

新田村の使用人が、ただの名子、そして、本田村の家来が、ちゃんとした名子……

「いまから百五十年よりも、もっと前の話です。公方様の開祖であられる東照神君様《とうしょうしんくん》が江戸に幕府を開かれる前は、全国いたる処に武家の領主がいて、互いに争っていました。大きい領主、小さい領主、いろいろです。そういう争いの時代が終わったときに、大名として勝ち残った者以外の領主たちは、この先、どうするかの選択を迫られました。大名の家臣となって城下町へ移り住み、自分の領地をあきらめるか、それとも、武家の身分よりも領地をとって、百姓になるか、です。もう、お分かりと思いますが、いま、本田村の草分け名主と言われているひとたちは、武家の身分ではなく領地をとって土着《どちゃく》した、その昔の領主なのです。そして、その昔の家臣が……」

「いまの名子……」

ふっと、言葉が出た。

「ええ」

ならば、名子は、なにも恥じる云われはないではないか、と智恵は思った。むしろ、武家の出自《しゅつじ》を誇って、胸を張ったってよいはずだ。なのに、喜代と理兵衛の、あのはばかる風はなんなのだろう。弥吉の口調にしたって、名子の由緒を持ち上げる色はみじんもない。

「おそらく、土着した当初は、名主も名子も、武家の気風を大いに残していたのでしょう」

智恵が尋ねる前に、弥吉はつづけた。

「名主は小なりとはいえ殿様であり、名子はその家臣だったのでしょう。名主はもとより名子だって、元武家として、百姓よりも上に立っていたはずです」

弥吉はまさに、智恵の不審に触れた。

「しかし、それから五十年が経ち、百年が経てば、無刀《むとう》がすっかり躰に馴染《なじ》んで、鍬《くわ》を手にするのが当り前になります。周りだって名主を、かつての武家の領主としてではなく、あくまで、百姓の長《おさ》として見るようになります。百姓としての才覚が問われるのです。まして、いまは百五十年近くが経った延享《えんきょう》の世です。名主と名子に、武家を重ねる小前など、まず、おりません。村そのものも、昔とはずいぶんと変わっています。たとえば、読み書きです。昔なら百姓は畑仕事さえできればよかった。けれど、いまでは、読み書きできる百姓が、それも御家流《おいえりゅう》の漢字の読み書きができる者がめずらしくなくなりました」

「おいえりゅう……？」

「公《おおやけ》の文書によく使われる文字です」

「なぜ、その文字が必要なのですか」

　十三歳だからといって、曖昧に理解するつもりはなかった。智恵にとっては八年がかりの問いだったし、それに、次はないかもしれなかった。名子とはなにかを知るのに必要なら、どんなことでも分かろうと思った。

「それにお答えする前に、ひとつ、お嬢さんに伺いますが、村は、誰が治めていると思われますか。統治をしているのは、いったい誰でしょう」

「それは、お代官さまです」

「つまり、お武家さまですね」

　石澤郡が代官だらけの土地であることくらい、もう智恵も知っていた。

「はい」

「それは、ちがいます」

「えっ」

「村を治めているのは、村です。お武家さまではありません」

「それは、この北岡の周りの村では、ということですか」

「いいえ、どこでもです。幕府御領地でも、藩領でも、お旗本の知行地でも、みなそうです。

お武家さまが決めたことに、村が従うのではありません。決めるのは、あくまで村です。村が決めたことに、お武家さまがあとから是非を検討するのです」

村が決める……。

「たとえば、いま広がっている綿花畑です。お武家さまが綿花を育てるようにと命じたわけではありません。村が、稲より綿花のほうが村にとって得だと判断したから広がっているのです。処によっては、水田にまで綿花の種を撒《ま》きます。形の上では、許可を与えるのはお武家さまなので、お武家さまが治めているように見えますが、村の舵取《かじと》りに関する限り、たいていは村が示した案が通ります。むろん、折衝は必要です。そして、この折衝を有利に運ぶためになくてはならないのが、前例となる文書です。お武家さまの世界の主法《しゅほう》は前例踏襲なので、ほれ、これまではこうでした、と示せば、たいていは通る。それを拒んだりすれば、前任者を貶《おとし》めることになるからです」

麦湯で喉を湿らせてから、弥吉はつづけた。

「ですから、村をよく治めている村ほど、立派な文書蔵《ぶんしょぐら》を持っています。たとえ火事があっても、なかの文書が焼失しないよう、漆喰《しっくい》で厚く塗り固めた文書蔵です。お武家さまさえ驚かれるほどの立派な蔵ですが、でも、ほんとうにすごいのは建物ではない。収められた文書を宝の持ち腐れにしない、御家流の読み書きができる百姓が多くいるということこそが宝なのです。

実は、お武家さまでも武官の番方《ばんかた》となると、読み書きできない方がすくなくありません。反対に、いまだに、読み書きできないことを自慢にする方さえおられます。そのほうが武士らしいというわけです」

智恵の知らない村と武家の関わりが、そこにあった。

「まちがって、そういうお武家さまが折衝の相手になったりすると、いくら念を入れて詰めても不調に終わるのは避けられません。また、そうでなくとも、相手のあることですから、いつもうまく運ぶとは限らない。結果がどうしても受け入れがたい場合は、御公儀への訴訟に持ち込むことになります」

「それは、御国のお殿様に逆らうということですよね」

「はい」

「そんなことをして、だいじょうぶなのでしょうか」

「それをしないと、お武家様の言われるままになってしまいます。主張すべきことはしっかり主張することで、折衝の相手として認められるようになるのです。つまり、折れるところは折れなければならないと、あらかじめ相手に思わせることができるようになる。ここでも物を言うのは、御家流の読み書きです。訴訟となれば、文書でのやりとりが延々と重なる。なので、自ら手習い処をつくって、村人が御家流を使いこなせるようにしている村だってあります。時代はそこまで動いているのです」

　商いではなく、村を語る弥吉は、若い支配人に指図される、年嵩《としかさ》の預かり人には見えなかった。なぜ、弥吉が、よい預かり人とは言えないにもかかわらず暇を出されないのかも、それで分かったような気がした。慎重に周りの人を見極めようとしてきたせいだろう、十三の智恵とて、豪農が豪農でありつづけるためには、あらゆる事情に通じていなければならないくらいは悟っていた。つまり、理兵衛の耳目《じもく》として立ち働く者が入り用になる。弥吉もきっと、そういう役回りが務まるような路を歩んできたのだろうし、いまも、そうして動いているのだろう。預かり人はきっと、弥吉の仮の姿なのだ。

「おのずと、名主や名子に向けられる小前の目はどんどん変わっていきました。その昔ならば、元は武家の領主だったというだけで、村人たちは従った。でも、いま、そんな村人はおりません。時代は足踏みをしてくれない。古風を残す本田村とて、時代の変化と無縁ではありえないのです。力をつけ、己の才覚に自信を持った百姓たちは、名主に由緒ではなく、自分たちを上回る才覚を求めるようになります。草分け名主にとっては、つらい時代です。率先して新しい流れに乗ろうとする草分け名主だっていなくはありませんが、しかし、多くはやはり由緒に頼ろうとする。小前が力を持つほどに、由緒に立ち戻ろうとします。それこそが、どんなに小前が力をつけようと、手に入らないものだからです。そして、そうなって、いちばんつらい立場に置かれるのは、実は名子なのです」

「どういうことですか」

智恵はいよいよ、耳に気を集めた。

「いまや農作だけで身代を保っている大百姓などおりません。ほとんどが、金貸しをしたり、織物などの在方商いをしたり、なんらかの商いに手を染めています。そういう名主に仕えている名子ならば、自然と、商いのほうの番頭のような役回りになって、才覚を発揮していきます。ところが、由緒にこだわる草分け名主は、商いを卑しいものとする武家の矜持《きょうじ》をも忠実に守るため、伝来の田畑の農作のみで内証を回していこうとする。けっして、商いに手を染めようとはしません。つまりは、もっぱら田畑で躰を動かすことが、名子の仕事になるのです。かつての武家が、農作一本になる。しかも、その田畑は主家のもので、自分のものではないのですから、やっていることだけを見れば、賃仕事で雇われる作男《さくおとこ》となんら変わるところがありません。そういう状態がつづくにつれて、名子は小前どころか、小作よりも下に見られるようになりました」

「小作……よりも」

「小作は、作男として雇われて、地主の田畑を耕作しているのではありません。地主から土地を借りて、己の才覚で作物をつくります。借り賃さえ払っている限り、そこは自分の田畑であり、いつどんな種を撒いていつ収穫するかも、自分で決めることができます。小作によっては、多くの土地を借りて、作男を使う者だっている。それに対して名子は、ただ主家の命に従って、農作の手を提供するだけです。才覚もなにも要らず、小前から見れば、ただ躰を動かすだけの作男としか映らない」

「元はお武家様なのに、ですか」

「あるいは、作男よりも下かもしれません。作男は自分の意志で雇い主を替えることができますが、家来である名子にはそれさえできないからです。そうして名子は、いつしか村のなかで最も軽んじられる立場になっていきました。ですから、名子が笑顔で語られることはない。もしかすると、名子を語る者は、かつての領主の家来を貶める快感と、引け目を同時に感じているのかもしれません。名子を馬鹿にしつつも、馬鹿にする己をうしろめたく思っているのです」

　そんなことがあるのかと、智恵は思った。それじゃあ、ただの名子のほうが、まだ救いがあるだろう。自分は、喜代や理兵衛に認めてもらうには、ちゃんとした名子でなければならないとばかり思いこんできて、実際、さっきは、やっぱりそうなんだとたしかめることができたのだけれど、それはとんでもないまちがいらしい。元は武家なのに、主家が身分よりも領地を選んだという理由だけで、小作よりも、いや、作男よりも蔑《さげす》まれるなんて、いくらなんでも理不尽だ。なんで、名子はがまんしているのだろう。百姓たちの見下す目に耐えているのだろう。いや、きっとがまんできなかった名子だっているにちがいない。主家のもとを飛び出した名子だって、おおぜいいたはずだ。

「家来であることを辞める名子は、いなかったのでしょうか」

知らずに、智恵は言っていた。

「いたでしょう」

すっと言ってから、弥吉はつづけた。

「名子と主家の間柄《あいだがら》がどうだったかは、それぞれと言うしかないでしょう。でも、総じて言えば、よいものではなかった。名子にしてみれば、主家が武家を選んでいてくれさえすれば、自分も武家のままでいられたわけです。それが、土着して百姓になったために、いやおうなく刀を捨てる羽目になった。主家は自分で選んだことだし、百姓とはいえ名主でいるのだからまだいいけれど、名子は知らぬうちに小作よりも貶められる立場に追いこまれてしまったのです。憤懣《ふんまん》やるかたなかったことは、想像に難《かた》くありません。代を重ねるにつれて、いまの境遇に甘んじて慣れていったのか、あるいは逆に理不尽の想いを煮詰めていったのか、それは知るべくもありませんが、しかし、人別《にんべつ》を失うのを覚悟で、主家を欠け落ちる者だっていたことでしょう。そういうかつての名子が、いまでは新田村の小前になっているかもしれないし、豪農になっているかもしれないし、ひょっとすると、先祖の想いを叶《かな》えて武家になっているかもしれない。当人が語らない限り、誰にも分かりはしませんが」

ひょっとすると……と、智恵も想った。

かつての名子の一人は、豪農の預かり人になって、「もらい猫」の名子の女の子に、自分たちの云《い》われを教えているかもしれない。

あるいは女の子は、ずっと前からその預かり人に名子の匂いを嗅ぎ取って、たっぷりと時をかけてたしかめ、云われを聞こうとしていたのかもしれない。

「でも、いまもなお……」

弥吉の話はまだ終わっていなかった。

「家来のままでいる名子だって、すくなくはないはずです」

「なんで……」

「名子だって毒を煮詰めた者ばかりとは限らない。なかには、主家との間柄が、とりわけよい名子もいるはずです。だとすれば、主従の縁を切るに切れぬでしょう。名子にとっては、これがいちばん悩ましいかもしれません。いまも本田村にとどまっている名子は、そういう名子なのではないでしょうか」

思わず、智恵は、四歳よりも前にいた家を想い浮かべようとするが、いつものように紗《しゃ》がかかって像を結ばない。成宮の家に来てから一度だけ海に連れて行ってもらったことがあって、波の音が届いたとき、前にも聴いたことがあるような気がしたのだが、初めての海に接した驚きが幼い記憶に交じりこんでしまったのかもしれない。でも、それからあとも、波の音は折に触れてよみがえっている。あるいは、自分がちゃんとした名子として育ったのは、海沿いの村なのだろうか……。

言おうか、言うまいか、幾日も考えつづけたけれど、結局、祝言までに、智恵は自分も名子であるとは言わなかった。

所帯を持って四年が経ったいまでも、まだ告げていない。

智恵が「もらい猫」であると告げたとき、信郎は知っていると言った。その上で、武家にならなければならないのは、自分が名子だからだと明かした。

あるいは信郎は、智恵が名子であることをも知っているのかもしれない。いや、知っていると観たほうが、無理がなかろう。

でも、智恵は言わなかった。言えなかったのではなく、言わなかった。

互いを名子と認め合ってしまえば、たぶん、もう、名子どうしとしてしか生きられなくなると想ったからだ。

相手がなにか気に染まぬことを言ったとする。きっと、名子だから、と想う。なにか気に染まぬことをやったとする。きっと、名子だから、と想う。そうして二人は、名子であることに閉じこめられてしまう。

名子であることの重さは、信郎の言葉づかいひとつをとっても分かる。

信郎は誰に対しても丁寧な話し方をする。陣屋の元締め手代ともなれば、領民に木で鼻をくくったような態度に出る者もめずらしくないが、信郎に限っては代官も領民もまったく区別ない。智恵と話すときだって例外ではありえず、祝言を上げ、肌を合わせたあとでも、案の定、口調の抑揚《よくよう》ひとつ変わらなかった。

きっと、信郎は幼い頃から、誰に対してどのように話すかで頭を抱えてきたのだろう。混乱しつづけてきたのだろう。元は領主の家臣だったという筋を通せば、百姓を見下ろして話さなければならない。けれど、実際に見下ろされるのは自分のほうだ。誰が上で、誰が下なのか、どこがどうデコボコしているのか、そういう整理をするのに、幼い名子は疲れ果ててしまったのだろう。そうして、終《しま》いには降参して、誰に対しても同じように、丁寧に話すようになったにちがいない。

誰にでも同じ、というのは、傍らから見ていると、けっこう変だ。目下の者には丁寧すぎるし、そして、目上の者に対しては尊敬や謙譲が足りない感じになって、けっこうはらはらするときがある。それでも、信郎は変えようとしないし、変えることができない。そのように信郎は、名子だ。

だから、二人とも名子だと明かしたら、名子ではない隙間《すきま》がなくなってしまう。名子に生まれたからといって、すべての時を名子として生きているはずもない。むしろ、あらかたの時は名子ではなく生きている。そのあらかたの時が消えて、二人でいる限りはいつだって名子でいることを強《し》いられる。互いに明かすことによって、理解し合うのではなく、理解し合うことを迫られるのだ。そんな必要がないときだって、理解しなければ……という気持ちが勝手に首をもたげる。

やがてはそれが重荷になり、相手の顔を見るのさえ厭《いと》うようになるかもしれない。そんな情けない二人にはなりたくないから、智恵は言わなかった。言わぬことによって生まれる気持ちのゆとりが、いずれは、信郎の役に立つような気もした。なにがどのようにとは言えないけれど、きっと、その取っておいた隙間の分で、ほんとうに困ったときに、なにかをしてあげられるのではないか……。

その代わりと言ってはなんだが、子ができずに離縁されたことは言わねばならないと思った。想い通りに行くかどうかはともあれ、信郎は江戸へ出て武家になろうとしている。弥吉が言ったように、きっと、先祖の想いを叶えるために、武家になろうとしているのだろう。信郎のことだから、己一人が身上《みあ》がりたいがために、武家を目指すはずもない。元は武家だった名子。その、元は、を外そうとしているのだろう。笹森の家を、武家の家筋《いえすじ》に戻そうとしているのだろう。

いくら、陣屋の元締め手代に上り詰め、土地の人間の敬意を一身に集めても、信郎にとっては、そこは励み場ではないのだ。

いまの信郎が、己の持てる力のすべてを注ぎこむのに足りる場処、ではない。

信郎が妙に金に身ぎれいで、身代を大きくするのに関心を示さないのも、信郎の励み場が陣屋にではなく、武家にあるからだろう。つまりは、どうあっても、跡を継ぐ男子を得なければならないということだ。だから、名子であるとは言わなかったけれど、子ができぬかもしれぬとは言った。「もらい猫」を言ったときと同じように、遠慮なく、なかったことにしてくれるように、と口にした。

ずるかった、と智恵は思う。

ほんとうに自分では駄目だと思っているのなら、信郎に判断を預けずに身を引けばいい。やっぱり話は受けられないと、固辞すればいいのだ。なのに、そうせずに下駄《げた》を預けて、願っていたとおりの返事を引き出した。

「分からないじゃありませんか」

と、信郎は言ってくれた。

「相手あってのことでしょう」

嬉しかった。ずるかったけれど、嬉しかった。

聞いたとたんに、自分が信郎を好いているのが分かりもした。抑えていたものが払われると、智恵の胸は芽吹く際《きわ》のサイカチの若芽のようだった。

縁組の相手なんて誰だっていいと、ずっと気にも留めてこなかった。けれど、好いた相手と一緒になれるというのは、こんなにもときめくものなのだと悟らされた。

「山が低いのでしょうか……」

陣屋のある山花で祝言を挙げ、共に暮らして半月ほどが経った頃、朝餉をとりながら智恵は信郎に言った。

「山花は、北岡よりも明るいですね。光が多い気がします」

「そうですか……」

箸を止めた信郎は怪訝《けげん》な顔で、しかし、変わらぬ丁寧な口調で答えた。

「むしろ、町を囲む山は北岡のほうが低いと思いますが」

そのふた月後、先祖供養で成宮の家に戻ったときに山に目をやると、たしかに山花よりも低かった。そして、山花に負けずに光が降り注いでいて、初めて見る町のように色彩が溢れており、山のせいではなく、自分の見る目が変わったのだと識った。

二人の暮らしは、景色の見え方の他にも、智恵をいろいろと変えた。要らぬことを話すようになったし、痩せっぽちではなくなったし、好きな食べ物が多くなった。とりわけ、見るだけでも苦手だった茗荷《みょうが》が好きになった。茗荷は笹森家の家紋だった。冥加に通じるということで、武家に多い家紋らしいと信郎から聞いた。そうして変わっていくほどに、顔を思い出すこともない前の亭主と過ごした三年が、口惜《くや》しくもなった。

山花で一年暮らして、笹森家の御新造に馴染んでから、信郎が前任の代官の伝で勘定所普請役の御役目を得て、江戸へ出た。

それから三年近くになる。

すんなりと縁組は認めた理兵衛が、江戸行きには反対した。信郎が武家を目指すことにも反対した。

「私は、あなたっておひとを見損なっていたようだ」

信郎を前にして、初めて言葉を荒らげた。

「はじめから、そのつもりがあったんなら、なにも智恵を嫁に選ばずともよかったんじゃありませんか」

語気鋭く言って、席を立った。

あれ以来、理兵衛とは疎遠になっている。浅草御門《あさくさごもん》前の郡代屋敷《ぐんだいやしき》に用ができて、江戸に上がるときでも、理兵衛から声はかからない。その分、多喜が筆や短冊を買う用のついでに顔を出すが、あれは名目で、年に二度、多喜に江戸遊びをさせて、羽を伸ばさせているのだ。日本橋は通町筋《とおりちょうすじ》の越後屋《えちごや》や大丸屋《だいまるや》で流行《はや》りの反物を見つくろい、堺町《さかいちょう》や葺屋町《ふきやちょう》で歌舞伎大芝居を観る。まさか、女のための吉原である七場所《ななばしょ》で陰間《かげま》遊びまではするまいが、多喜が行くと言えば、理兵衛は、そうか、と言うことになるのではなかろうか。

理兵衛の信郎に対する気持ちも分からないではない。

多喜ではなく智恵だったとはいえ、成宮の娘を嫁にとるからには、かねてから想っていたとおり、信郎が理兵衛の助力を当てにしていると了解したことだろう。多喜ではなかったことは不本意ではあるが、これで、頼りない跡取りである雅之の後ろ盾ができたと、ひとまず安堵《あんど》したにちがいない。その分、信郎の期待にはたっぷり応えようと、構えていたはずだ。

あるいは、かならずしも成宮の身代のためだけではなく、実の子の雅之では叶えられない〝できた息子〟を、信郎に見ていたとも考えられる。同じ男としての話をするに足る息子を得て、理兵衛は理兵衛なりに、父子《おやこ》二人がそろってこそ叶えられる夢を見ていたのかもしれない。

なのに、山花陣屋の元締め手代を辞め、江戸へ出て武家になると言う。理兵衛にしてみれば、裏切られたという想いなのだろう。

でも、いくら理兵衛の気持ちを斟酌《しんしゃく》しても、信郎に翻意を求めることなんて、できやしなかった。信郎の決心は、それこそ二十七年かけて固めたものであることが痛いほど分かっていたし、それに、智恵自身、江戸へ出たかった。名子なんていう言葉を誰も知らない土地で、暮らしてみたかった。そうして、いま、江戸にいる。信郎と二人で江戸にいる。下谷稲荷裏の、御家人のささやかな屋敷の庭に建つ家作で暮らしている。

普請役は勘定所の雇い入れで、正規の幕臣ではない。武家の格好はしているけれど、きっちりと言えば、武家とは言えない。だから、勘定所の幕吏《ばくり》が集まって住む、組屋敷《くみやしき》には入れないのだ。でも、智恵は気に入っている。下谷稲荷裏の、紫陽花の咲く小さな住まいを気に入っている。信郎には申し訳ないけれど、このまま組屋敷なんぞに移ることなく、いつまでも下谷にいつづけたいと思っている。智恵はいまの暮らしで、なにひとつ不満がない。できるなら、ずっと、このままであってほしい。ほんとうのお侍《さむらい》にならないでくれ、なんて、口が裂けたって信郎には言えないけれど、それが本音だ。ほんものの幕臣ではないゆえの活計のしんどさなんて、なんにも苦にならない。

下谷は四季それぞれに素晴らしいけれど、いちばんはなんといっても花見の季節だ。立春からふた月、まずは、根本中堂《こんぽんちゅうどう》の西に根を張る犬桜《いぬざくら》が、山内を埋める桜の先陣を切って咲き始める。次いで、大仏前が、車坂《くるまざか》が、山王《さんのう》の山が淡い朱鷺《とき》色に染まり、それが合図のように全山の蕾《つぼみ》が開く。すぐに、山内を覆い尽くす桜の生気が御山の坂を伝って袴腰《はかまごし》から広小路へ、不忍池《しのばずのいけ》へ、山下《やました》へと広がり、仏店《ほとけだな》や肴店《さかなだな》、提灯店《ちょうちんだな》といった路地の隅々まで嘗《な》め尽くす。

御山から浅草へ抜ける通りにある下谷稲荷とて、生気の奔流《ほんりゅう》から逃れることはできない。御山の外とはいえ、車坂門《くるまざかもん》から下谷稲荷までは、山内の御堂から御堂へ移るほどの道のりだ。御山を眺めている間もなく、華《はな》やぎは下谷稲荷にも届いて、そうなれば、もう、下谷全体が沸き立つ。沸き立って、取るに足らない、つまらないもろもろを吹き飛ばす。由緒とか、上とか下とか、「もらい猫」とか、名子とか……。春の下谷は、ただただ美しい。猛々《たけだけ》しいほどに美しい。

でも、下谷は、多喜の好みではないようだ。

ひとそれぞれとはいえ、御山の桜の見事さを称《たた》える言葉だけは異口同音と想っていたのだが、多喜の艶《えん》な目は、御山の一重《ひとえ》の桜よりも、大川の八重《やえ》の桜を喜ぶらしい。

それに、多喜にとっての江戸は、通町筋に限られてもいる。筋違御門《すじかいごもん》前の神田須田町《かんだすだちょう》から芝《しば》の金杉橋《かなすぎばし》まで、御府内《ごふない》を南北に貫く、江戸随一の目抜き通り。そこには、多喜にとってこの世になくてはならない越後屋があり、大丸屋があり、白木屋《しろきや》があり、そして、日本橋を渡って、京橋《きょうばし》から尾張町《おわりちょう》まで足を延ばせば、恵比寿屋《えびすや》や布袋屋《ほていや》がある。智恵が、呉服屋なら下谷広小路にもあると言って、松坂屋《まつざかや》を教えたら、通町筋に間口を開けていない呉服屋は呉服屋には入らないのだと、多喜は言った。

その多喜が、朝餉を終えて茶を飲んでいるとき、今日は松坂屋に行ってみると言い出した。

「めずらしいこと」

智恵はびっくりして言った。

「たまには、松坂縞《まつざかじま》でも着てみようかと思って。万筋《まんすじ》をね。呉服なら通町筋じゃなきゃ駄目だけど、太物《ふともの》なら下谷だってかまわないでしょ」

呉服は絹で、太物は綿だ。綿とはいっても松坂屋で扱う太物は呉服に負けないほど値が張る。多喜が言った、縞《しま》の目が細かい万筋の松坂縞なんて、とても太物とも思えない。でも、多喜はこの三十二年、値をたしかめてから買うなんて真似《まね》をしたことがない。呉服屋のうちには入らないはずの呉服屋に足を踏み入れた多喜は、とたんに、自分の言ったことを忘れたようで、次から次と、顔を輝かせて注文しまくった。

「ちえも気に入ったのがあったら、さっさと頼んでよね」

声はつっけんどんに、智恵にも促す。でも、呼び方は、ちえだ。多喜が智恵に肉親を感じたときの呼び方だ。なにより好きな買い物で、昂《たか》ぶっているのだろうか。

「隣りにいるちえが、そんなしんきくさい物を着てたら、こっちが迷惑だもの」

智恵は紺と茶の縞木綿《しまもめん》だが、それでも他所行《よそい》きで、気に入っている。あたしはこれで……と言おうとしたが、その文句は、多喜の「それと、それ！」という注文の声で阻《はば》まれた。

「仕立て売りもやってるんでしょう。妹の寸法をとってやって」

そう、店の者に命じて、智恵に顔を向ける。仕立て売りなら、買ったその日に着て帰ることができる。ああ、あたしはこの華やかなひとの妹なんだと思いつつ、店の者が向けてきた笑顔を受けた。

「一刻《いっとき》あれば、仕立て上がるわよね。あとで受け取りに来るから。それと、わたしの分は宿に届けて」

それはそれであっぱれな客振《きゃくぶ》りで、店の者も気持ちよく従っている。表店《おもてだな》の呉服屋で、値を気に留めずに注文し慣れている客のみが醸《かも》せる呼吸だ。いまさら智恵が拒み通せば、場を壊す。また、多喜もそれが分かって上客を演じているのだ。頼んだ二品も、綿と絹を交《ま》ぜ織った青梅《おうめ》の桟留縞《さんとめじま》で、智恵の気持ちの負担になりすぎない頃合いをつかんでいる。おまけに、藍《あい》の地に細い赤茶の縦縞《たてじま》のひとつはまさに智恵の好みの真ん中で、陽《ひ》の加減で布地がうっすらと光る風合いが、えもいわれぬほど美しい。それが自分のものになってしまえば、そこは女だ、智恵だって、気持ちが弾《はず》まないわけもない。こういうところだけを見ると、多喜はただのわがまま育ちとはとても思えない。

「お午《ひる》は、岡村《おかむら》の時雨卵《しぐれたまご》が食べたいな」

松坂屋を出ると、多喜は言った。岡村は、上野山下は五條天神《ごじょうてんじん》の近くにある料理屋で、荒く叩《たた》いた蛤《はまぐり》の身と、割りほぐした卵を合わせて蒸した時雨卵が名物だ。子供の頃、智恵は卵を好んだ。最初はころんとした形が好きだったのだが、口に入れてみると味まで好きになった。でも、むろん、岡村のような名店には行ったことがない。大好きな下谷に三年暮らしている智恵が岡村を知らず、江戸へは年に二度来るだけの、下谷を好まない多喜が知っている。

外を通りかかるだけだった岡村は、上がってみればさすがの普請で、柱の釘隠しひとつにも趣向が凝らされていた。料理とて期待を裏切らず、鯒《こち》の薄造りと鶉《うずら》の吸い物とともに出された時雨卵は、見るからに名店の看板料理らしい。けれど、多喜は、それぞれをわずかに口に運んだだけで、箸を置いた。

「それほどでもないわね」

そう言えば、多喜は刺身が駄目だったし、智恵とちがって卵も苦手だった。なんで、わざわざ岡村にしたのかが不思議だった。でも、多喜が箸を置いてくれて、智恵は助かった。どの料理もきらいであるはずもないのだが、このところずっと食が細く、並べられてみると躰が求めようとしない。振る舞ってくれた多喜には申し訳ないと思いつつ、水菓子の本田《ほんだ》瓜《うり》を口にしていると、多喜が「ねえ、知ってた？」と言った。

「北岡の家の庭に、薬になる樹や草がいっぱい植わってたでしょ」

「ええ」

思わず、唇の端がゆるんだ。サイカチやクチナシ、クコ、ゼニアオイ……あの庭は喜代の思い出とともにある。

「あれね。理兵衛さんが、自分で植えたらしいよ」

「えっ」

「むろん、サイカチとかのおっきな樹は前からあったんだろうけどね。たまたま庭師に聞いたら、他のあらかたは理兵衛さんが植えたんだって。ほらっ、母《かあ》さん、もともと躰が強くなかったでしょ。だから、理兵衛さんが漢方の本を読みまくって、いつでも摘《つ》めるようにしたみたいなの」

「そうだったの」

多喜は自分の実の父を「理兵衛さん」と呼ぶ。喜代のことはふつうに「母さん」だ。なんで「理兵衛さん」なのかは聞いていないし、考えても分からない。ともあれ、多喜と理兵衛ならではの、父娘《おやこ》の関わりの表現なのだろうが、智恵はそこには入りこめない。実の父娘のことは分からない。

「ああ見えて、そういうところがあるのよね」

ほんとうに、そうだ。そんなことをするひとには見えなかった。理兵衛の姿形《すがたかたち》をひとことで表わせば、六十近くなったいまでさえ、さすが多喜の実の父親だけあって、色悪《いろあく》、がぴったりだった。とびっきりのいい男だけれど、性根は悪《わる》という歌舞伎の役柄。溜めこんだ毒が、いっそう色男ぶりを際立たせる。その理兵衛が自分の手を土で汚して、ひとつひとつ苗を植えたなんて……。

「こんどもさ、なんでだろう……いままで、そんなことひとことも言ったことないのに、見に行ってこいって言ったわけ」

「なにを？」

「なにをって、あんたをよ」

呼び方はちえからあんたに戻ったが、そのあんたには、ちえの余韻があった。

「えっ」

たぶん、あんたというのは、あたしなのだろうが、いったいどういうことだろう。

「言うなって、口止めされたけどね。そろそろ困っているはずだって」

「困っている……」

「ねえ、ちえ、あんた、困っていることなんてある？　オカネじゃないよ。オカネなら困っていたって、どうせ、受け取んないだろうし」

「さあ……」

ある。

困っていることは、ある。

ひどく困っていることが……。

自分でも、なんで、いま、しれっとして瓜なんて食べていられるのか分からない。それどころではないはずなのに。多喜が松坂屋で頼んでくれた青梅の桟留縞を、喜んでなんかいられないのに……。

この期《ご》に及んでも、藍に細い赤茶の縦縞がうっすらと光る風合いに感嘆し、自分のものになれば嬉しいと感じるのがほんとうに不思議だ。

「なんのことかしら。思い当たらないけど」

それでも、智恵は首をかしげる。

江戸へ出て三年、去年まで自分は考えもしなかったのに、あるいは、考えようとしなかったのに、理兵衛は初めっから、それを、見越していたということなのだろうか。

そして、ほんとうに、自分を案じてくれている、とでもいうのだろうか……。

〔三〕

その頃、笹森信郎は目指す成沢郡の上本条村《かみほんじょうむら》まで、あと半日の途上にあった。

街道、ではない。

途中から外れて、川幅二十間ばかりの竜野川《たつのがわ》沿いの路《みち》をたどっている。目は前方ではなく、河原に向けている。

ふと、行く手がふさがれている感覚があって、堤の上の路に目を戻した。二人の武家がこちらを向いて立っている。人相風体からすると、土地の郡役所《こおりやくしょ》の役人らしい。ならば、さしたる面倒はあるまいと思いつつ、近づいて立ち止まると、一人がすっと信郎の背後に回った。

「失礼だが……」

前に立つ一人が言う。

「なにをされておいでか」

村人の知らせで、駆けつけたというところだろう。旅姿の見知らぬ武家が、河原から目を離さずに歩いているとなれば、不審を抱かれるのも無理はない。

「これは申し遅れました」

信郎は言う。

「御益《おえき》でございます」

いやな言い方だが、これで押し通すしかない。どんな言葉を使っても、相手をする藩にとっては、不快な用向きであることに変わりはないのだ。御益……御公儀の利益に寄与するための取り組み。これを正面から切り出されたら、無下《むげ》に応対を拒むわけにもいかない。いっそ、向こうにとっても腹が据《す》わって、すっきりとするだろう。

「勘定所の方でござるか」

迷惑この上ない風を隠さずに、役人は言う。

「いかにも。普請役の笹森信郎と申します。御用証文を改めますか」

役人は背後のもう一人と目を合わせてから答える。

「いや、その儀には及ばず」

どんな御用であれ、御公儀の役向きの旅であれば、宿場での便宜《べんぎ》を得るための御用証文が出る。それを改める藩もあれば、改めぬ藩もある。改めぬ藩の多くは、もう何度も普請役の来訪を受けている藩だ。一人の例外もなく「御益」を言い立てて、勝手に領地へ踏みこんでくる勘定所の下級役人に辟易《へきえき》している。それだけで、もう十分に厄介なのだから、いまさら証文を改めても、手間が増えるだけということなのだろう。

「岩代《いわしろ》藩、郡役所の……」

そこで、役人は口ごもる。名前を名乗るのも惜しい、という様子だ。

「川野仁三郎《かわのにさぶろう》でござる」

それっきりで、役名も言わない。背後から横に移って、なぜか背中を向けているもう一人は名乗りもしない。子供じみているが、歓迎はしていないという示威《しい》なのだろうか。それとも、よけいなことを言って要らぬ摩擦《まさつ》を引き起こさないために、顔を合わせぬようにしているとでもいうのだろうか。

こっちが旗本格の勘定だったりすれば、同じ用向きでも態度はがらりと変わってくる。いつなんどき世話になるか分からないから、無理をしてでも形をつくって、手厚く遇する。その無理している分が、勘定所の底にいる普請役に跳《は》ね返る。向こうも、普請役が正規の幕吏《ばくり》ではなく、勘定所の雇い入れであることはとっくに知っている。元はといえば役名のとおり、川除《かわよけ》などの普請の際に技能職として迎えられた御役目だが、三十年近くも前に国役普請《くにやくぶしん》が廃止になってからは、万《よろず》仕事をこなすようになった。要するに、支配勘定などの正規の御役目がやらない仕事をやるということだ。たとえば、この御益である。

「当地には、どれほど滞在されるおつもりか」

川野という役人は、つまり、さっさと領外へ出て行ってくれ、と言っている。

「いや、本日中には失礼します」

本来の御用がある上本条村は、幕府御領地にある。岩代藩は、路すがらだ。

「さようか」

川野はあからさまに安堵《あんど》する。傍らのもう一人も、背中を向けたまま、ふーと大きく息をした。彼らには、事前の承諾も取らずに押しかけて来て、地元の迷惑をかえりみることもなく何日も滞在しつづけるのが、御益を押し立てる勘定所の下級役人、という想《おも》いこみがあるのだろう。ま、無理からぬ。逆の立場だったら、自分だってそう見なすかも知れない。

「追って、お世話になるかもしれませんので、その折は、よろしくお願いします」

相手の様子にかまわず、信郎は言う。二人にとっては聞きたくない文句だろうが、いちおう断わりを入れておかなければならない。

「ま、力になれるかどうかは分からぬが……」

けっして「うけたまわった」と言わないのは承知の上だ。

「それでは、手前どもはこれにて失礼いたす」

信郎の返事を待たずに、二人は踵《きびす》を返す。ひと通り改めたし、自分たちの役向きのことはやったということなのだろう。役人というのは、どこも同じらしい。言い訳の種ができれば、さっさと切り上げる。

二人の遠ざかる背中を認めた信郎は、再び足を踏み出して、目を河原に戻した。

信郎は、河原の内に、流作場《りゅうさくば》を探している。つまり、田畑にできそうな場処《ばしょ》を見つくろっている。田畑とはいっても、なにしろ、川幅二十間ばかりの川の河原だ。開墾しても、せいぜい一反から二反の田畑にしかならない。とはいえ、一反が五つ集まって五反になれば、百姓一軒が成り立つ。五反の田を二十もそろえれば、そこそこの村ひとつ分だ。塵《ちり》も積もれば山となる、というわけで、信郎は流域に目を凝らしつづける。

とはいえ、信郎は勘定所の普請役であり、そこは、二人の役人が立ちはだかったように、岩代藩の領地だ。となれば、幕府が大名領を侵《おか》すようだが、たとえ大名領であろうとも、耕地にせぬまま放り置かれて、検地を受けていない高外地《たかがいち》であれば、幕府御領地に組み替えても、問題はないとするのが、勘定所の言い分である。

もともと全国の土地はすべて将軍のものである。大名は一代に限って、将軍から土地を預かっているだけだ。だから、大名の代が替わるたびに、新たな藩主が当代の将軍の御目見《おめみえ》を乞うて、あらためて領地を預かる許しを得なければならない。預かったからには、精一杯、土地の力を引き出すのが務めであり、その務めをおこたって、耕地にできるにもかかわらず手つかずにしておれば、幕府みずから開発に乗り出しても、なんら異議を唱える理《ことわり》はないというわけである。

とはいえ、八代吉宗公《よしむねこう》の享保《きょうほう》の御代になるまでは、それはあくまで理だった。筋の上の話であり、現実に、幕府が大名領に足を踏み入れて開発に当たることはなかった。その理を実践に移したのが、八代様のもとで、傷《いた》んだ幕府の内証の立て直しに取り組んだ勘定奉行、神尾《かんお》春央《はるひで》である。

大名領の流作場の開発は、春央の内証再建策の一端にすぎない。これまでにない有毛検見《ありげけみ》による年貢の徴収や隠し田の摘発など、春央は立て直しの先頭に立って年貢増徴《ぞうちょう》の辣腕《らつわん》を振るい、勘定奉行に就任して八年目の延享《えんきょう》元年には、幕府始まって以来、最大の年貢高、百八十万二千八百五十五石を積み上げた。

実に、春央以前よりも四十万から五十万石も多い年貢高で、あれから十四年が経っても、いまだに破られていない。五年前に春央が没してからは絞りすぎの批判も出始めて、なかには苛《か》斂誅求《れんちゅうきゅう》の声さえ聞こえてくるから、今後もおそらく、最大の年貢高でありつづけるのだろう。

事実、近年の年貢高は、百五、六十万石で推移しており、総じて、増徴を手控える気配が漂う。

にもかかわらず、春央が始めた流作場の開発がいまもつづいているのは、春央の再建策がけっして過《あやま》っていなかったからだと、信郎は考えている。

江戸幕府が開かれてから、この宝暦八年で百五十五年。この間、農具や施肥《せひ》の技の進歩などによって、田畑の収穫の力は目を見張るほどに向上してきた。が、富の源泉である村を離れ、城下に集まって生活するようになった武家は、その収穫力向上の分配にあずかっていない。端的な例が、古い検地帳を基《もと》にして年貢を課してきたことである。

武家と百姓の、収穫した米の分配の割合は、いわゆる四公六民《しこうろくみん》が多い。即ち、四割を領主である武家がとり、六割を村に残す。ここで注意すべきは、この割合は、実際に収穫した米の量を基にしてはいないということだ。基になっているのは、それぞれの田が一反当たりどのくらいの米が穫《と》れるかを記載した、検地帳の石盛《こくもり》なのである。

この基準となる検地帳の数字が、いかにも古い。幕府御領地における最も新しい石盛は、六十年以上も前の元禄《げんろく》に実施された検地によるものである。しかも、御領地全体のおよそ四分の一で行われたにすぎない。残る四分の三の領地では、百七十年ばかりも前の太閤検地の石盛、あるいはそれ以前の石盛さえ生きており、どう見ても、基準が収穫力の向上を反映しているとは言いがたい。

しかも、太閤検地よりも前の検地は、百姓の申告をそのまま石盛にしていたし、実測したとされる太閤検地にしても、どこまで徹底されたかは知るべくもない。もしも、現在の収穫高が石盛の倍あれば、四割とされる年貢は実は二割に、三倍あれば一割三分になる。四公六民は、そういう取り決めだ。畑の分を入れれば、さらに割合は下がるだろう。

御領地の百姓とじかに向かい合う代官所で、十八歳からの十年あまり、書き役から元締め手代までを務めてきた信郎だからこそ、春央の再建策を、苛斂誅求のひとことで切り捨てることはできない。むしろ、春央は、あまりに生真面目《きまじめ》に問題に取り組みすぎたと信郎は観ている。どうあっても勝ち目のない戦《いくさ》に、正面から立ち向かった。やはり、勝てはしなかったが、善戦はしたと、慰労したってよいのではないか。

内証に関する限り、幕府は最初から負け戦をしている。

負けの原因はただひとつ、つくればつくるほど価値が下がる米で、世の中を回そうとしたことだ。

でも、しかたない。豊作の年ほど米の値が下がって、貨幣での実収増加を伴わぬどころか減りさえするが、さりとて、幕府には米で回すしか手がない。だから、最初から、負けが決まっている。あとは、負けがはっきりするのを、できる限り、後ろへ引き延ばすだけだ。春央はこれをやった。

米でなければ、なにがあるか……。カネしかない。けれど、幕府には、ひとりひとりの民に正しくカネの年貢を課して徴収する、技も、人手もない。やりたくても、できぬ。

米の年貢なら、ひとではなく村に課す。年貢割付状を名主に渡しさえすれば、あとはみんな村が取り仕切ってくれる。年貢の高が大ざっぱなのは、武家の手をかけることなく、城の蔵に米俵が集まってくる代償だ。

とはいえ、内証の傷みがもはや看過《かんか》できぬほどに進めば、それは代償だから、とは言っていられない。で、春央は大ざっぱを正そうと、有毛検見に踏み切った。検地帳の石盛ではなく、実収を基準にして年貢を課し、収穫力の向上を反映させせようとした。隠し田も見逃さなかったし、流作場も拾い集めた。その成果が、延享元年の百八十万二千八百五十五石だ。もろもろの無理を押して、あるべき姿を現《うつ》にした。

通常、べきはべきのままで終わるのが定めだ。にもかかわらず、春央の存命中は実施に移されたのは、春央の再建策の基底にある生真面目さを表わしていると、信郎は思う。強権だけで、百八十万二千八百五十五石は達成できない。そこには、すくなからぬ共感があっただろう。

そして、亡きあとになって、見直しの動きが表に出てきたのは、生真面目であるがゆえの現場の疲弊《ひへい》を示している。負けが決まっている戦で、春央は善戦した。しかし、現場にとっては、善戦ほど疲れがとれにくい戦はない。長く戦える戦ではないということだ。それでも、とにかく生真面目で、否定しにくくはあったから、さほど疲れない策については、春央没後も継続された。その典型が、大名領の流作場の開発というわけである。

それに、もうひとつ、流作場の開発には引き継がれる大きな理由があった。そこは、励み場としての勘定所にとって、なくてはならない点数稼ぎの場だったのである。

勘定所は、幕府の御役所のなかで、数すくない励み場である。つまり、励めば報われる仕事場である。生まれついた家筋がすべて、という幕府の職制のなかで、力さえあれば上が開けている仕事場が勘定所だ。実際、御目見以下の御家人《ごけにん》が、以上の旗本に身上がる目があるのは、勘定所をおいてない。しかも、信郎の普請役のように、武家以外の身分が、武家となる階段も用意されている。ひいては、百姓・町人が旗本になる路が開かれているということだ。

だから、励む。点数を稼いで、上の御役目に駆け上がろうとする。この最も分かりやすい点数稼ぎの場が、流作場の開発なのである。稼げる点数じたいは低い。その代わり、曖昧さがない。成果はすべて、数字で明らかになる。誰の目にも、公平だ。つまりは、躰《からだ》が動きやすい。で、御役目で地方へ出張《でば》るときは、かならず、その往復に川沿いを歩くことになる。本来の御役目での点数に、移動のあいだに稼げる点数を加えようとする。

今回の信郎の御用も、まさに、それである。上本条村での務めは、さして点数にはならない軽めの御用だ。だからといって、手を抜くつもりはさらさらない。どこから目が注がれているか分からないし、それに、信郎が最も信奉している格言は〝一事が万事〟だ。

ひとつは駄目だが、残りのすべては完ぺきということはありえない。ひとつの駄目さはかならず、残りのすべてにも顕《あら》われる。だから信郎は、どんな御用にも真正面から取り組む。けっして斜《はす》には構えない。とはいえ、上本条村での御用が点数になりにくいのは事実だ。だから、行き帰りで補う。むろん、流作場の開発にも真正面から取り組んで、こつこつと点数を積み上げる。

むろん、受け入れる側である諸藩は、幕府勘定所とはまた別の領地に対する考えを持っている。こちらの想いどおりにゆくはずもないが、それは覚悟の上だ。なにしろ、山花陣屋の元締め手代の職を捨て、江戸へ出て来て、もう三年近くになる。なのに、まだ普請役のままで、励み場の出発点である支配勘定にすらなっていない。つまりは、武家になっていない。これでは、なんのために江戸に出てきたか分からぬし、それに、妻の智恵にだって、いつまでも下谷稲荷裏の家作《かさく》暮らしをつづけさせるわけにはいかない。あのまま、北岡で再縁を得れば、なんの苦労もなかったであろう智恵を、自分のわがままで土地から切り離し、二十俵二人扶持の暮らしに引《ひ》き摺《ず》りこんだのは、遅くとも二年で、支配勘定になる目算《もくさん》だったからだ。その二年が過ぎて、まるまる三年が経とうとしている。

義父の理兵衛に、はじめから江戸へ出るつもりがあったのなら、智恵を嫁に選ぶべきではなかった、と言われたとき、信郎はそのとおりだと思った。自分の道連れにすべきでないのは、もとより承知していた。だから幾度となく、智恵をあきらめようとした。でも、できなかった。

離縁で戻っていた智恵を、何回か遠目で見かけるうちに惹《ひ》かれていって、思い切ってサイカチの棘《とげ》について尋ねたとき、はっきりと好いていると知った。初めて自分に向けられる、挨拶とはちがう声は、躰の強張《こわば》りがすべて抜け出ていくほどに快《こころよ》く、その声をずっとそばで聞いていたいという気持ちを抑え切れずに、夫婦《めおと》にさせてほしいと申し出た。

なのに、姑息《こそく》にも、そのあとになって急に智恵を巻きこむ不安に耐えられなくなり、名子《なご》であることを明かした。自分が江戸へ行って、武家にならなければならないのは、名子だからだ、と語った。その語りそのものに、嘘《うそ》はない。けれど、それを智恵に伝えた理由は、また別にある。自分は名子だから武家にならなければならない、という話にかこつけて、自分は名子だから、縁組の申し出をなかったことにしてくれてもかまわない、と言ったのだ。

けれど、名子ではない好いた女に名子と告げてみれば、胸は早鐘のように高鳴って、ほんとうの理由を、はっきり言葉にして、言い足すことができなかった。縁組の破談を口に出すことなく、名子である、と言いっ放しにした。だから、智恵に、こっちの真意が通じているのかいないのかは分からない。分かっているのは、ともあれ、智恵が拒まなかったことだ。あのときの智恵の目の色はけっして忘れない。

ひとがひとを受け入れぬときの、目の色の変わりようは脳裏に埋めこまれている。相手がどんなに気取《けど》られまいとしても、その埋めこまれたものがざらつき出す。智恵の目はなにかを言いたげではあったが、そいつはしんとしていた。それどころか、智恵の不可思議な眼差《まなざ》しに撫《な》でられているかのようで、心地よくさえあった。その智恵に、再縁を後悔させることなんぞできはしない。

信郎はいつにも増して、丹念に河原へ目を凝らす。河原にあって、水嵩《みずかさ》が増しても冠水を免れそうな土地を洗い出す。

やがて、左手に、堤を下る路が分かれているのが視野に入った。上本条村に通じる路だ。信郎は河原から目を切って、川沿いを離れ、前方の低く連なる山々を見やる。

目の前から川筋が消えると、ずっと根《こん》を詰めて、頭のなかで田畑の地取《じど》りをしてきたせいか、めずらしく疲れを覚えた。

ふーと大きく息をして、頭を切り替える。励み場、とつぶやいて、御役所で御用を命じられたときの様子を思い出し、とにかく、村での御務めに全力を尽くそうと、信郎は腹を据えた。

それより半月ばかり前、いつもの通り、大手《おおて》門番所裏《もんばんしょうら》にある下勘定所《しもかんじょうしょ》で、御領地を預かる取《とり》箇《か》方《かた》の雑務に追いまくられていた信郎は、勘定の青木《あおき》昌泰《まさやす》に呼ばれた。支配勘定を飛び越えて、旗本の勘定から普請役に声がかかることはめったになく、なにごとかといぶかりつつ向かった信郎に、昌泰は言った。

「かねてより検討しておったのだが、いよいよ、このたびの飢饉《ききん》からの復興に尽力した功労者を、顕彰《けんしょう》する運びになってな」

いまから三年前の宝暦五年、北関東から東北一帯を飢饉が襲った。宝暦飢饉である。三年前といえば、まさに信郎が山花陣屋の元締め手代を辞して江戸に移った年で、信郎は勘定所に集まってくる各地からの報告につぶさに目を通した。幸い、山花の御領地の被害は軽微だったが、壊滅に近い土地もすくなくなく、地域によってかなりの差があった。天候のばらつきもさることながら、復旧を率いる者の資質によって、厄災《やくさい》の広がりに大きな開きが出たようだった。

「一郡につき一人ということで選考を進めて、ほぼ顔ぶれが決まりかけておった。全国の代官所にも内示をして、来たるべき秋の顕彰の式典に備えるよう、通達を出したばかりだ。ところが、ここへきて、その人選に異議を唱える名主が現れた」

「名主、ですか」

顕彰の話は、すでに耳に入っていた。御勘定奉行の一人の菅沼下野守《すがぬましもつけのかみ》様じきじきの発案で、今回は名主のみならず、範囲を広く取って功労者を選ぶと聞いている。

「ああ、成沢郡は上本条村の、久松加平《ひさまつかへい》という名主だ。代官所からの報告によれば、もともと久松家はそこそこの戦国領主で、文禄《ぶんろく》の頃に成沢郡に移ってきて土着し、上本条村の草分け百姓となった。以来、百五十余年前より代々名主を務めてきたらしい。元はといえば、上本条村にいる四十六軒の百姓の土地はすべて、久松家のものだったということだ」

「その加平がなんと言ってきたのでしょう」

「要するに、自薦だ」

「自薦？」

「成沢郡で顕彰を受ける者は、すでに在町《ざいまち》の川瀬《かわぜ》で繰綿《くりわた》の仲買を営む伝次郎《でんじろう》という者に決まっておった。儲《もう》けのあらかたを注《つ》ぎこんで、お救い小屋をつくり、腹を空にした者たちへ三月《みつき》にわたって喰《く》い物《もの》を供しつづけたそうだ。飢饉からの復興というと、どうしても名主におさまりがちなので、今回は名主ばかりではなく、さまざまな稼業の者にも陽《ひ》の目を見させていこうということで、伝次郎になったと聞く」

「それが加平に伝わったのですね」

「そういうことだ。言ったとおり、選ばれた者には、秋の顕彰の式典に備えさせるために、内々にその旨を伝える。内々とはいっても、ひとの口に戸は立てられぬから、ほぼ決まって洩《も》れる。こんども例によって洩れて、上本条村の加平の耳に届いたのだろう。で、恐れながらと、己を売りこんできたわけだ」

「して、その言い分は？」

「言ったとおり、加平は上本条村で実に百五十余年にわたって名主を務めてきた。あくまで加平自身の記《しる》した書状によればだが、そういう名主が率いる村だけあって、武家の主従と重なる昔の気風がそのまま生きているようでな。これまでもずっと、村は久松家当主の号令の下に整然と動いてきたらしい」

ゆっくりと、信郎はうなずいた。信郎が生まれ育った西脇村《にしわきむら》という村も、そういう村だった。

「その美質がいかんなく発揮されたのが、三年前の飢饉への取り組みだ。その年、上本条村では、二百十日になっても田の一分ほどしか出穂《しゅっすい》していなかったそうでな。いち早くそれを見て取った加平は、自ら隣国へ出向いて己の私財を投げ打ち、大量の米や雑穀を手当てしたらしい。で、秋になってみたら、怖れたとおり田は一面の不実《ふじつ》と白穂《しらほ》で、立ち尽くす村人に蓄えていた食糧を無償で分け与えたということだ」

まるで、自分が育った村の話を聞いているようだ、と信郎は思った。幸か不幸か、西脇村の名主の堀越十蔵《ほりこしじゅうぞう》も、かつての領主の気風を濃密に残しているひとだった。幸か不幸の幸は、信郎が十二歳のときに両親が流行《はや》りの風病《ふうびょう》で相次いで亡くなったあとも、堀越の屋敷に置いてもらったことだ。堀越家の家塾でもあり、村の手習い処でもあった智《ち》導館《どうかん》の手伝いをしながら、生活させてもらった。そして、不幸は、あまりに十蔵が清廉《せいれん》で篤実《とくじつ》な名主であったがために、信郎のふた親も信郎自身も、堀越家に名子として仕えつづけなければならなかったことである。

信郎の家族は、最後まで西脇村に残った名子だった。

「しかも、だ。この話にはまだ、つづきがある」

もしも、あのまま堀越家にいれば、信郎は一生を名子として送ったにちがいない。そうならなかったのは、十七歳の終わりに、十蔵が村を出ることを奨《すす》めてくれたからだ。この屋敷に閉じこめるには、おまえは若すぎる、と言って、背中を押してくれた。十蔵には、信郎と同い齢《どし》の、英輔《えいすけ》という嗣子がいた。あるいは十蔵の目に、英輔と信郎が重なったのかもしれぬが、両親の没後も、農夫としてではなく書生のようにして置いてもらったことを含め、あの恩は恩として、けっして忘れない。それがいつ、どのようになのかは分からぬものの、いつかは十蔵のために、堀越家のために、そして西脇村のために、役に立てればと思いつづけている。

「なんと加平は、収入の当てがなくなった村人のために村外れにある沼の干拓事業を起こして、御公儀に掛け合って決まった川除普請《かわよけふしん》が始まるまでの半年間、毎日、村人全員になんとか喰いつないでいけるだけの日当を支払った。飢饉のあとに、百姓の姿が消えた手余り地が一枚も出なかったのは、ひとえに加平の奮闘によるらしい」

それはすごい、と信郎は思った。復旧の功労者とはいっても、ふつうは食糧の手当てまでだ。自ら普請の事業を起こして、仕事を与える者などめったにいるものではない。

「それが事実なら……」

久松加平に、堀越十蔵を重ねながら、信郎は言った。

「自画自賛、とは言えませんな」

近頃は、持ち高の小さい小前の声も強い。惣百姓《そうびゃくしょう》の入れ札《ふだ》で、名主を選ぶ村も増えてきている。由緒だけでは、百五十余年に渡って、名主を務めることなどできるはずもない。久松加平は草分け名主でありながら、この時代にやるべきことをしっかりとやっている、稀有な名主のようだった。

「そうであろう。当然、加平の評判は上々のようでな。自村や周りの村々はもとより他領からも名主の鑑《かがみ》と称えられ、この春、宝暦の飢饉からの復興に尽力した者を江戸の書肆《しょし》がまとめて板行《はんこう》した『仁風総覧《じんぷうそうらん》』でも、真っ先に紹介されたそうだ。復旧の功労者として、なんら不足がないどころか、加平こそがふさわしい。だからな……」

身を乗り出して、昌泰はつづけた。

「おぬしは、俺がいま話してきたことを、そのまま報告書にまとめて出せばよい」

「はっ?」

話の展開が急で、信郎は一瞬、昌泰の言っている意味が分からない。

「申し訳ありませんが、いま一度、お願いします」

「だから、いま語ったそのままに、報告書を書け、と言っておるのだ」

「そのまま……ですか」

「ああ、いちおう上本条村へは足を運んでな。形はつくって、その上で、伝次郎よりも加平のほうがふさわしいという結論にしてくれ」

昌泰は、四十《しじゅう》もそこそこの働き盛り。四年前、徒目付《かちめつけ》からの御役替えで、勘定所に移ってきた。それだけに、ただの算盤《そろばん》を持つ役人には見えない。あらゆる幕臣の非違《ひい》を糾《ただ》す目付《めつけ》の手足となって動くのが徒目付である。どこにでも顔を出して、なんにでも手をつける御役目だ。おのずと、ひとの知らぬことによく通じ、また、鍛えられもする。実務の力は折り紙つきで、上からも下からも身分を越えて頼りにされる。

「つまり、伝次郎から加平に替えるのはすでに決まっている、ということですか」

徒目付から勘定所へ席を移したときには三十も半ばを折り返していたが、あっという間に支配勘定から勘定へ身上がって、御城の内に置かれる御殿勘定所《ごてんかんじょうしょ》へ移るのも近いと目《もく》されている。勘定所は二つの役所から成り、ざっくりと分ければ、御殿勘定所は政策を担い、下勘定所は現場を預かる。大手門番所裏から御城内へ上がれば、もう勘定組頭も近い。言ってみれば、昌泰は励み場としての勘定所を闊歩《かっぽ》しているわけで、その気になったときの押しの強さは相当なものだった。

「そのとおりだ。決まっている。とはいえ、功労者の顕彰事業は、御奉行のお声がかかりの案件なのでな。現地にも行かずに、いきなり替えるというわけにはゆかん。で、おぬしに上本条村へ行ってもらう」

「理由は、お聞きできますか」

信郎は昌泰の圧迫感を押しのけて聞いた。たとえ答が返ってこなかったにしても、聞かぬわけにはいかない。わざわざ現地へ足を運ぶからには、話の裏くらい取るべきだろう。

「そうさな……」

昌泰は、ふん、と息をついてから言った。

「本来なら、普請役に言い聞かせる筋ではないのだが、形だけの御用で上本条村くんだりまで出張るわけだし、それに、おぬしはかねてより石代納《こくだいのう》の推進を唱えていたらしいの」

「いえ、石代納ではありません」

石代納とは、年貢を米ではなく、貨幣で納める制度を言う。なんで、ここで石代納が出てくるのだろうといぶかりつつも、信郎は答えた。

「ちがう?」

「たしかに石代納は貨幣で年貢を納めますが、年貢の額を算定する基準は米のままです。それがしが構想しているのは、算定基準そのものをカネにする金納です」

石代納は、たとえば米百石と、年貢を決定するところまでは従来の米納と同じである。年貢高はあくまで、米の石高なのである。ちがうのは、その百石の米の値を、大坂、あるいは地域の米市場の相場などから算定して、しかる後に、貨幣納をするところだ。一石が一両であれば、百両を納める。つまり、貨幣に形を変えた米納なのである。これに対し、信郎が考えている金納は、最初からカネで年貢を課す。その土地で米を作ったとしたらいくら穫れるか、ではなく、上がる儲けに応じて、納付する額を定める。

「金納にすれば、田も畑も、そして、農家も商人も境がなくなる。すべてが平らになります。ただし、手がかかりすぎるので、どうすれば現実に近くなるのかを、模索しているところです」

幕府が最初から負け戦をしなければならない、もうひとつの理由が、商人には年貢に当たるものを課していないことだ。株仲間に対する運上金《うんじょうきん》などは散見《さんけん》するが、あれは与える特典に対する代価である。そうではなく、百姓のみならず商人にも年貢を課せば、実収を上げながら、百姓の負担が減る。年貢はすべての民に、公平に課すべきだ。そのためにも、金納が避けて通れない。

「それなら……」

かすかな笑みを浮かべて、昌泰は言った。

「上本条村は、おもしろいかもしれんぞ」

「おもしろい?」

「これまで石代納といえば、年貢米を搬出するのに難のある不便な土地の村のためであるとか、水田にしにくい畑作地帯にある村のためであるとか、米納するのがむずかしい百姓の便宜を図るために、あくまで特例として行ってきた。しかし、いまから成沢郡でやろうとしている石代納はちがう」

「成沢郡、ということは、つまり、加平が名主を務める上本条村のある郡で、石代納を進めるのですか」

信郎の目が、自然と昌泰の顔に向かう。これで、石代納と加平の顕彰がつながった。

「ああ、きっかけは豪農どもの強欲《ごうよく》だ。察しはつくか」

「はい」

「言ってみろ」

「豪農はいくつもの村に小作を抱えています。十村に及ぶこともめずらしくはありません」

信郎が元締め手代をしていた頃の石澤郡の山花陣屋でも、そのことはすでに問題になりつつあった。

「村々のなかには、良い米が穫れる村もあるし、悪い米しか穫れぬ村もある。で、ひたすら儲けを追う豪農は、良い米が穫れる村で収穫した米は、すべて商品米にして米市場へ回し、年貢米には悪い米しか穫れぬ村で刈り入れた米を当てます。本来、良い米が穫れるはずの村からの年貢米も、この悪い米に置き換えられる。つまりは、年貢米の量は同じでも質が劣るため、市場で貨幣に換算した年貢高は大きく減ることになります」

山花陣屋では、量だけでなく質にも目を光らせることで、この問題に対処していたが、少ない人数ですべての米俵を調べるのは骨だった。また、そこには調べる側の恣意《しい》も入りこんで、いざこざが避けられず、信郎は、すべての問題を解決するためには石代納を採用するしかないと、時の代官に進言した。その目的ならば金納ではなく、石代納でこと足りる。米で納めるから、まやかしの余地が残るのであって、カネならば不正のしようがない。

が、実際に米納から石代納に切り替えようとすれば、豪農にのみ適用するのか、それともすべての年貢米に当てはめるかの判断をはじめとして、代官の職掌《しょくしょう》を越えるさまざまな問題が立ちはだかっていた。代官所は、上から命じられたことを忠実に履行するための役所であって、新たな仕法を生み出す役所ではないのだ。結局、石代納は採用されなかったが、あるいは、先刻、昌泰が「おぬしはかねてより石代納の推進を唱えていたらしいの」と言ったのは、そのことを指しているのかもしれなかった。

「いや、そのとおりだ」

昌泰は言った。

「で、勘定所では、とりわけ問題の多い成沢郡の全域で石代納を展開しようとしていて、その手始めが上本条村というわけだ」

「はて……」

それについては、信郎は解《げ》せなかった。上本条村に豪農がいるとは思えなかったからだ。豪農がいる村は、現実として、豪農が名主の上に立つ。豪農が村に君臨する。いや、名主どころか、郡のすべての名主の代表である郡中惣代さえ、豪農は想いのままに動かす。そういう豪農と、村の領主たる加平が相容《あいい》れるはずもない。並の名主ならともかく加平なら、豪農の村への浸食を許さないだろう。

「加平の率いる上本条村に、豪農がいるのですか」

「おらん」

即座に、昌泰は答えた。

「おらんのに、上本条村を選んだのは、あくまで石代納の実績づくりのためだ。近頃は、百姓の力が強い。いや、もとから村内のことは村の領分だったのだが、近年はそれがあからさまになっている。御達しひとつで、素直に従うはずもない。その点、上本条村は久松加平という領主を頂く、いまどき稀有な村だ。加平がこうと言えば、そうなる。そして、加平の背筋はいまなお武家のままであり、武家の側に立って考えを進める。つまりは上本条村ならば、すみやかに実績をつくることができる」

たしかに、石代納の足がかりとして、上本条村ほど適した村はなかろう。

「その実績を、豪農の支配する村々へ広げていく。すなわち、今回の石代納は百姓の便宜のためではなく、御公儀の年貢徴収の根幹に関わっている。これが、そのまま金納に移行することはありえんだろうが、多少なりとも踏みこむことはできよう。だからこそ、伝次郎から加平に替えるのは、すでに決まっておるのだ」

ならば、伝次郎には泣いてもらうしかあるまいと信郎は思った。功労者を加平に替えることは、御公儀の理にかなっている。

同時に、先刻来、ずっと引っかかっていた疑問も晴れた。話を聞くだけでつくりあげた人物像とはいえ、加平ほどの高潔そうな人物が、なぜ強引に顕彰を願い出たのかが、得心がいかなかったのだが、きっと石代納を進めるためだったのだろう。

御公儀に力添えをしていながら、率いる自分が顕彰から外れたら、村人をまとめることがむずかしくなると判断したにちがいない。それもまた、もっともな話である。信郎は、命に従うことが不正などにからんではないことに安堵した。そういう事情ならば、なんの憂《うれ》いもなく、加平を推薦する報告書を書くことができる。

「享保の頃より、勘定所の所帯もふくらみつづけておるでな。右の手がやっていることを、左の手は知らん」

そろそろ話を切り上げるかと想ったが、昌泰はなおも言葉を継いだ。

「上本条村で石代納の案件が進んでいるなら、はじめからすんなりと加平を顕彰しておけばよいものを、石代納と顕彰とを扱う部署がちがっておるゆえ、こういう手ちがいがおきる。で、おぬしに尻ぬぐいをしてもらうわけだが、こうして俺からじかに御用を申しつけているのは、一度くらい、おぬしと顔を突き合わせてみてもいいかと思ったからだ」

「はぁ」

「おぬし、いろいろと評判が立っているぞ」

話がにわかに自分に回ってきて、頭がついていかない。

「聞くか」

「そうですね」

思わず、あいまいに受けてしまった。

「いい評判と、悪い評判と、どっちを先に聞きたい?」

「それでは、悪い評判を」

いいにしろ、悪いにしろ、普請役ごときに評判が立つとは思えないが、ほんとうに悪い評判が立っているのであれば、的を射ている限り、正さなければならない。

「悪い評判は、おぬしのその話し方だ。いま、おぬしは、俺が『聞くか』と問うたら、『そうですね』と答えたな」

「はい」

「こっちは目上で、上司だ。『そうでございますね』か、本来なら『願わくば、お聞かせ願いたく』と答えるのが礼儀であろう」

それは、そのとおりと言うしかない。

「おぬしの日頃の上司といえば、支配勘定どまりだから、なんとか無事に済んでいるが、おぬし、御勘定組頭や御勘定奉行にもその語りで通すつもりか。そんな真似をしたら、御勘定所雇い入れの普請役など即座に用済みだぞ。どういう了見なのかは知らんが、つまらんことで、要らぬ敵をつくっているとしか思えん。子供への小言《こごと》のような説教は言われんようにしろ」

これも、返す言葉がない。幾度も試みはしたのだが、いつも腰砕けで終わってしまう。十二歳で両親を失って、西脇村の智導館の手伝いを始めた頃に、まったく声が出なくなったことがあった。半年もつづいただろうか、なんとか声を取り戻そうと、いろいろとあがいてみた末に、誰にも等しく丁寧に話すことで、ようやく唇が動き始めた。以来、相手に応じて言葉を使い分けようとすると、とたんに動悸《どうき》が激しくなり、冷や汗がしたたり落ちて、音すら出なくなってしまう。無理をすれば、再び声を失ってしまいそうで恐ろしく、引き返してしまうのが常だった。でも、己の置かれた立場を考えれば、もはやそんなことは言っていられない。どこかで区切りをつけて……そう、この御用を無事に済ませたら、荒療治でもなんでもしようと信郎は思った。

「いいほうの噂《うわさ》は、おぬしが使えるということだ」

昌泰はすっと話を切り替える。

「普請役の笹森信郎は、話を鵜《う》呑《の》みにしないで、自分の頭で考えるというもっぱらの評判だ。いちいちきっちりしていて使えるから、こっちの手間が省けて楽ができるとな」

「さよう、ですか」

「言っておくが、どいつを使うかを決めるのは、畢竟《ひっきょう》、そこだぞ。仕事ができる、できない、ではない。こっちが、楽ができるかだ。仕事なんぞ、できて当り前だ。最後の決め手は、使うこっちの荷が軽くなるかどうかしかない。たとえ仕事ができたって、面倒な奴で、よけいな荷を増やしてくれたら、なんにもならん」

先刻の「悪い評判」は忠告としてありがたく受け止めたが、こんどの話は素直に聞くのがむずかしい。万に一つ、そういう「いい評判」が立ったとしても、それが勘定の耳にまで届くとは思えない。

「そんな評判を立てる暇があったら、さっさと支配勘定に上げてくれと言いたそうだな」

「いえ」

そんなことは考えていない。気持ちが急《せ》いてはいるが、よけいなことは考えない。自分にできることのみを考える。よけいなことを考え出すと、世の中はあまりに混み入る。山花陣屋の十年で、みずからつちかった縛りだ。

「俺も今日でそう思った。こいつなら楽ができそうだってな。こっちがいちいち命じずとも、やることをやってくれそうだ」

ひょっとすると、ひとをいじるのを好むおひとなのかと、信郎は思う。

「しかしな。支配勘定となると、むずかしいかもしれんぞ。おぬし、身上がるのにいっとう肝腎なことをやっておらんしな。なんのことか分かるか」

「はて……」

上げて、下げて、だ。やはり、そういう御仁《ごじん》なのだろうか。それとも、そこが、幕臣の吟味に慣れた徒目付上がり、ということなのだろうか。

「分からんはずはあるまい。代官所の手代はみな、手代どうしで縁組をしているではないか。手代の息子も手代で、おまけに手代の娘と一緒になる。手代の家の系図は、上下左右、どっちを見ても手代だらけだ。そうやって一派を組んで、権益を守る。おぬしも、手代つながりの倅《せがれ》ではないのか」

「わたくしは百姓の出で、陣屋の書き役上がりです」

昌泰の言ったことは正しい。山花陣屋においても、周りはみんな縁つながりだった。

「それで、元締め手代まで上り詰めたのは見上げたものだ。おぬし、己の力には相当の自負があるだろう。しかしな、縁戚の力は大きいぞ。身上がるときは、ひとりで身上がるのではない。縁戚と一体となって身上がるのだ。武家の世界とは、そういうものだ。縁戚でまとまってこそ武家なのであって、独りの武家など武家ではない。しがらみで、がんじがらめになって初めて武家なのだ。今日日《きょうび》、しがらみを疎《うと》んずる者も散見するが、しがらみの抜けがたさは、そのまま支えの強さだ。その支えが、一人の力を三にも五にも十にもする。たった独りなら、せいぜいが三だろう。励み場とされる御勘定所とて、そこに関しては例外ではない。惜しいが、おぬしはたった独りだ。聞けば、すでに妻も得ているそうだの。それも、御勘定所とは縁のない妻《さい》女《じょ》とか」

「はい」

「唯一の縁戚づくりの路を、自分からふさいでどうする。御召し出しを望むなら、独り身でいるのが当然だろう。力さえあればなんとかなる、などという甘い構えでは武家の世界は渡っていけんぞ」

声はあくまで淡々としていて、昌泰が掛け値なしで物を言っていることを伝える。

「御勘定所では、犬も歩けば婿殿《むこどの》に当たる。で、婿殿たちはだな、おぬしのような手合いが大きらいだ。婿殿の席に収まるまで、言うに言われぬ時を送ってきたし、いまも送っておる。誰も好き好んで、しがらみにからめ取られているわけではない。自分の身の回りと御役目は別だ、などというゆるんだ了見そのものが許しがたい。好き放題に暮らしておきながら、力さえあれば身上がれるなんぞと浮かれているやつは潰《つぶ》しにかかる。この励み場はな、励むだけでなんとかなるような安穏《あんのん》な場処ではないのだ」

聞きながら、たしかに、一人の力が……と、信郎は思う……三にも五にも、十にもなることもあるだろう。けれど、ひとが連なることによって逆に、一人の力が半分に、三割に、一割になることだってある。そして、たとえば、飢饉の復旧を牽引《けんいん》する者なら、一人だからこそ、その力が三にも五にも十にもなる。これまでに例のない大事を成すのは、多くのひとの連なりではなく、一人の想いだ。おそらく、久松加平のように。

「だから、覚悟しておけ。この先もずっと、冷や飯喰わされつづけるかもしれんとな」

言葉とは裏腹に、語る顔は険しくない。サイカチのいかつい棘は薬になるが、このひとの棘はどうなのか……。

「まあ、せいぜい励むことだ。そのうち、とびっきり変わりもんの婿殿なんぞが現れて、おぬしのような甘ったれでもひろってくれるかもしれん」

信郎は昌泰の真意を測《はか》ろうとして、すぐにやめた。とにかく、自分にできることだけに気を入れて、点数を積み上げよう。

久松加平が話のとおりの人物であるとすれば、ひとの考えつかぬ仕法をさまざまに実地に移しているにちがいない。そこには、御益のための、献策のタネが詰まっているはずだ。加平の一語一語に耳を澄まして、聞き逃さないようにしよう。報告書そのものは形をつくるだけだから点数は低いだろうが、その献策で、大きく積み上げられるかもしれない。報告書をまとめるためだけではなく、加平のしたことをよく観よう。むろん、行き帰りの流作場の探索もおこたるまい。信郎はもろもろ、想いをめぐらせる。

「ああ、それからな」

見透かしたかのように、昌泰が言う。

「上本条村で、よけいなことはするなよ。行って、話を聞く真似をするだけだ。ゆっくり骨を休めてこい」

よけいなことをしなければ、点数は稼げない。ともあれ、自力で路を開くのだと、信郎はあらためて自戒した。

上本条村に滞在するのは、四日三晩の予定だった。

命じた青木昌泰は、「ゆっくり骨を休めてこい」と言ったくせに、「現地は三日二晩でいいだろう」と、知らぬ顔で付け足した。なにしろ、勘定所は経費節減の大号令の元締めだった。

三年前の宝暦五年二月、幕府は勘定奉行、一色周防守《いっしきすおうのかみ》らに命じて、出費を抑えるための調査を行わせた。同年五月、向こう三年間据え置きの年間予算を立てて公《おおやけ》にする。丼《どんぶり》勘定ではなく、部門別にきっちりと積み上げた予算である。まさに、その三年目が、ふた月前の四月にようやく終了したのだが、経費節減の手綱《たづな》は一向にゆるむ気配がない。それどころか、前の三年はさらなる緊縮の準備期間でさえあったらしく、締めつけはより厳しくなった。で、かなりの裁量が利《き》いた御用旅の日程も、しっかり枠をはめられるようになったのである。

おそらくは、幕府の百五十余年の歩みにおいても、部門別予算なるものを立てたのは宝暦五年が初めてだったはずで、いかに内証が深刻であるかがひしひしと伝わってくる。経費節減の趣旨は重々分かるのだが、しかし、三日二晩ではなにもできない。上本条村に到着するのは、どうしても日が暮れてからになる。三日とはいっても、陽のあるうちに動けるのは一日半しかない。村には、学ぶべきものがきっとある。一日一晩を惜しめば、もっと大きなものを失う気がして、信郎はなんとか粘って四日三晩を認めてもらった。これで、まるまる二日と半日、動くことができる。

信郎がそのように一日にこだわったのは、まずは、上本条村がいまどきめずらしい〝耕作専一《こうさくせんいつ》〟の村であるはずだからだ。つまり、自給自足のための畑作や機織りをわずかに行う他は、もっぱら年貢たる米づくりに励んでいて、むろん、商いには手を染めていない。おそらくは、どこの村でもやっている稲作の合間の往還稼《おうかんかせ》ぎや木綿織りなどの農間余業《のうまよぎよう》とも無縁なのだろう。さもなければ、上本条村に、昌泰の言う「武家の主従と重なる昔の気風」が、そのまま生きているわけがないのである。

農間余業が当り前になれば、そこから商いが始まる。商いに手を染めて、いったん貨幣を得る味を覚えれば、あと戻りするのはむずかしい。あらかたの者は、もっと多くの貨幣を望むようになる。そのとき頼りとするのは、己の才覚だ。工夫を凝らして商いが上向くほどに、才覚をはためかせるおもしろさをも覚える。そうなれば、もう、他人の命に素直に従うはずもない。かつての領主が〝耕作専一〟を唱えても、もはや聞く耳を持たぬ。だから、上本条村に、「武家の主従と重なる昔の気風」がそのまま生きているのが事実であるとすれば、そこは稲作のみで凌《しの》いでいる〝耕作専一〟の村でしかありえなくなるのだ。

〝耕作専一〟を破って、貨幣を得る喜びを知る者が数を増すほどに、自給を旨としていた村は壊《こわ》れていく。やがて、鋤鍬《すきくわ》を持たぬ者が半数を越え、そして、鋤鍬を持つ者を遥《はる》かに上回ると、村は瓦解《がかい》して、その瓦礫《がれき》のなかから北岡のような在町が生まれる。いまなお武家に頼ろうとする城下町なんぞよりもよほど元気な、村から生まれた町。武家から下げ与えられた町ではなく、百姓たちの欲と生気が創り出した町だ。

むろん、すべての村が在町にまでたどり着くことはありえない。が、〝耕作専一〟のままでとどまることもまたありえない。すべての村は商いを孕《はら》みつつ、在町への軌跡を歩む。町として上がりを迎えられるかどうかはともあれ、それによって、稲を育てる年貢の民は確実に減りつづける。だからこそ、幕府は、〝耕作専一〟を大きく掲げる。

内証の逼迫《ひっぱく》が明々になった享保の頃よりは、執拗《しつよう》なほどに掲げるようになったし、これからも掲げつづけるのだろう。幕府が米で世の中を回しつづけようとする限り、掲げつづけるしかない。標語というものは常に、実態のない処に存在する。〝耕作専一〟を掲げつづけるということは、〝耕作専一〟の村が減りつづけているということに他ならない。

〝耕作専一〟を貫けば、貨幣の豊かさに背を向けることになる。だから、減りつづける。上本条村がその減りつづける村のひとつであるとすれば、当然、村を率いる久松加平が大きく貨幣を蓄えるのもむずかしくなる。石盛のゆるい幕府御領地だから、それでも、やり方しだいでそこそこの蓄えはできようが、大きく蓄財することは望めまい。

にもかかわらず加平は、収入の当てがなくなった村人のために、村外れにある沼の干拓事業を起こしたという。御公儀に掛け合って決まった川除普請が始まるまでの半年間、毎日、村人全員になんとか喰いつないでいけるだけの日当を支払ったという。飢饉のあとに、百姓の姿が消えた手余り地が一枚も出なかったのは、ひとえに加平の奮闘によるらしい。信郎が、上本条村に、加平に、学ぶべきものがあると確信するのは、そこだ。

それほどに大がかりの普請を、加平のそこそこの蓄えで、つづけられるはずもない。金貸しから村借りをしたのかもしれないが、村借りとはいっても、結局は名主一人の借財になる。加平の持ち田を担保にしたくらいで、そんな大金を借りるのは無理だろう。だとすれば、加平が沼の干拓事業を起こすことができた理由は、ひとつしかなくなる。〝耕作専一〟でありながら、蓄財を可能にするなんらかの手立てを有しているということだ。そのなんらかの手立てこそが、追い求めている献策のタネとなる。

もっとも、そうはならないことだってありうる。沼の干拓事業を実現させるなんらかの手立てが、献策のタネにはなりえないこともありうる。

たとえば加平は、村の外では別の顔を持っている。草分け名主の由緒を持つ上本条村でこそ〝耕作専一〟を貫いて、戦国以来の領主の顔を崩さずにいるが、村境を越えれば実は豪農で、幾多の村に多くの小作を抱えている。あるいは、加平のほんとうの拠点は最寄りの在町にあって、そこで干鰯《ほしか》商いなり、織物の仲買商いなり、金貸しなりに励んでいることも考えられる。

いずれにせよ、村外の郡中で大きく稼いだ上がりで、先祖伝来の上本条村を、よく手入れされた箱庭のように美しく保っているのだ。

隠し田畑《でんぱた》、ということもなくはなかろう。上本条村の総石数は二百八十石というが、実は、それに倍する隠し田や、米よりも確実に大きな利益を生む大豆や綿花を育てる隠し畑を秘しているのかもしれない。信郎はそうでないことを祈るばかりだ。昌泰からは、よけいなことはするな、と釘を刺されたが、もしも隠し田畑があれば、摘発せざるをえない。そんなことはしたくない。

いずれにせよ、そういうもろもろの筋書きは、すべて的外《まとはず》れであってくれと信郎は願う。上本条村が、豪農であり豪商である加平の箱庭であるとすれば、献策のタネにはならない。独り立ちしていない村は、手本にはなりえない。上本条村には、信郎が想いもよらぬような、そんな手が残っていたのかと、笑顔で驚嘆できるような、手立てが詰まっていてほしいのだ。村の外から水が注がれるのではなく、けっして見つかってはならない隠し井戸から水を汲《く》むのでもない。誰にも堂々と披露できる、陽の光を受けて輝く泉からこんこんと水が湧き出ていてほしい。

その泉こそ、他の村に移植すべきものであると思いつつ、信郎が上本条村にたどり着いたときには、もう陽は落ちかけていた。里は藍に染まろうとして、あるいは久松加平の屋敷を見つけるのに難儀するかと想われたが、それは杞憂《きゆう》だった。わずかに光を残す夕空を、まるで戦国領主の陣屋のように武張《ぶば》った建物の大きな影が、刳《く》りぬいていたのである。

近づいて、堀割を廻らせた塀《へい》に沿って門へ向かってみれば、塀を乗せる石垣は信郎の背丈よりも高く、屋敷は元締め手代として詰めていた山花の陣屋よりも大きい。きっと、文禄の昔、この地に落ち延びた久松家の当主は、戦国の世が終わるとは想っていなかったのだろう。まだまだ、一戦も二戦も交える覚悟で、その砦《とりで》を築いたにちがいない。そういう屋敷を、信郎は前にも知っていた。生まれ育った西脇村の、堀越家の屋敷である。

堀越家の屋敷も、闘う屋敷だった。広大な敷地のなかには、かつては軍馬を育てていた秣場《まぐさば》があり、いったん事があれば弓や竹槍の武器庫となる竹林があり、そして、先祖と共に闘うための屋敷寺《やしきでら》があった。有事に飲み水を確保するために引き込んだ小川も、脂《やに》を取る松林も、何籠もの梅の実をもたらす梅林もあった。

その闘う屋敷では、信郎は自然と領主の家臣であることができたし、つまりは名子であることができた。躰がおのずと、堀越家に仕えるべく動いた。まるで、十七歳までいた堀越家の屋敷に還《かえ》ってきたような気持ちで、信郎は久松家の門を潜《くぐ》った。信郎は半ば、久松加平を堀越十蔵に重ねていた。

顔を合わせてみれば、しかし、加平は加平だった。まず、齢が若かった。すでに六十も半ばになっているはずの十蔵よりも、ふた回りは若く見える。四十をすこし越えたくらいか……。

髪だけは早々とずいぶん白くなっているのだが、老けた感じにはつながっていない。それでいて、壮年期の牡《おす》に特有の確信に満ちた風は薄く、信郎は加平に、十歳には濃厚に残っていた領主の面差《おもざ》しを見ることができなかった。

加平が武器を手にする姿は想い描きにくかったし、ましてや軍団を率いる姿は想像するべくもない。その瞳が敵軍を前に燃え上がるとは考えられず、その口から兵士たちの魂《たましい》を震わせる掛け声が発せられるとも想えなかった。加平は、勇猛な一族のなかで一人、家長の期待に反して書物に親しむ長子《ちょうし》のように見えた。瞳は思慮深い光を湛《たた》え、唇はよく言葉を選び、顎《あご》はほっそりとして、沈思《ちんし》する様が似合った。

そのように、領主から遠い加平と向かい合っても、しかし、信郎は落胆しなかった。むしろ、この宝暦の御代にあって、〝耕作専一〟の村を成り立たせるのは、学者のようにも映るこの名主あってこそという気さえした。信郎は加平に、敵軍ではなく、貨幣と闘う領主を見て、献策のタネを手に入れる期待に胸を膨らませた。

共に摂《と》った食事も、期待を裏切らないものだった。普請役とはいえ、公儀の使者ではある。受け入れる村は、心中では軽んじていても、とにかくもてなしておけばまちがいはないということで、鄙《ひな》には似つかわしくない酒肴《しゅこう》を振る舞うのが通例だ。山の村でも、海の魚を奢《おご》る。が、その宵《よい》に配された膳に燗徳利《かんどっくり》はなかったし、魚は炒《い》り子《こ》の味醂煮《みりんに》で、主菜は凍《し》み豆腐《どうふ》と夏野菜の炊合《たきあわ》せ、そして汁《しる》の実は糸瓜《へちま》だった。まさに、自給自足を旨とする、〝耕作専一〟の村のもてなしだった。

「遠路、足をお運びいただいたのに申し訳ございませんが……」

両手を突いて、加平は詫びた。

「飢饉よりこのかた、村では酒を嗜《たしな》むのはむろん、お出しするのも控えさせていただいておりますので、なにとぞ勘弁ください」

「お気づかいなく」

即座に、信郎は答えた。

「わたくしも無調法《ぶちょうほう》で、たしなみません」

要らぬ散財を拒《こば》む膳は、再建にかける上本条村の本気を伝えてきたし、それに、酒が出ないのはかえって好都合だった。正味二日と半日の御用旅だ。到着当日の夜とて、無駄にはしたくない。夕餉《ゆうげ》のあいだに交《か》わすのは歓談ではなく、探索の言葉でなければならなかった。

「せっかくの膳を前にして、作法から外れるが……」

糸瓜の汁で喉を湿らせてから、信郎は言った。

「箸を動かしつつ、もろもろ尋ねさせていただきたい」

「こちらは一向に構いませせぬ」

あの学者のような目を寄こして、加平は答えた。

「どうぞ、なんなりと」

「されば……」

椀を手にしたまま、信郎は唇を動かした。

「まずは、久松家が持つ田畑はどれほどでしょうか」

答がはっきりしている処から入った。

「水田は二十二反」

淀みなく、答は返った。

「それに畑が四反で、屋敷地が三反でございます」

「水田が二十二反とは、また、ずいぶんと少ないですね」

二十二反は小前四軒分になるかならないかの広さだ。名主とはいっても、その実、もはや貸金業が稼ぎ頭になっているなら分かるが、上本条村は「武家の主従と重なる昔の気風」がそのまま生きている村のはずだった。あるいは、勘定の青木昌泰が語った話は誤って伝わっただけで、この村もまた、時代の波に等しく洗われているのだろうかと、信郎は危ぶんだ。だとすれば、ここに献策のタネがあるはずもない。

「こちらは〝耕作専一〟の村と推察していましたが」

とにかく、はっきりさせておこうとした。もしも、そうでないなら、きっぱりと手仕舞《てじま》いにして、三日二晩で切り上げる。

「そのつもりでおります」

けれど、加平は変わらぬ穏やかな口調で答えた。

「なのに、名主が二十二反……」

信郎は炊いた茄子《なす》に箸をつける。

「以前はかなりございました」

その炊合せの鉢のあたりに目を落としつつ加平は説いた。

「人の手が足りなくなったもので、村人たちに分けましてございます」

「人手が足りない」

「はい」

「〝耕作専一〟の村の名主であれば、従う名子は少なくないでしょう」

茄子を腹に送って、言った。この村ならば、いるはずだった。自分が育まれた笹森のような家が、きっと何組もあって、久松家に仕えている。

「名子、でございますか」

加平はおもむろに目を上げて、なご、という音をたしかめるように言った。

「ええ」

「笹森様は名子をご存知で」

上げた目が、信郎を捉える。

「はい」

「江戸でのお勤めですと、なかなか、ありのままの名子を知る折も限られるかと存じまするが」

「わたくしの江戸勤めは、まだ三年に過ぎません」

言ってから、汁を飲み干した。早喰いには自信があった。炊合せの鉢も、もうすぐ空く。

「それまではずっと、さる代官所で手代をしておりました」

「ああ……」

加平の目がゆるんだ。

「さらに、その前は、それがし自身、名子でした」

「ほお」

ゆるんだ目にまた光が戻って、信郎はこれでよいと思う。初めから、こっちの手の内はさらすと決めていた。正味二日と半日で上本条村の、そして久松加平の秘密にたどり着くためには、己をさらけ出して訊くしかない。勘定所普請役が地肌を見せたとて、どれほどのことでもなかろうが、しかし、そうして本気を伝えてすみやかに相手の気持ちに踏みこむ他に、手立てはないのだ。江戸からの使者が元はといえば、自分も家臣として使ってきた名子だと知れば、知らずに構えもゆるもう。

「差し支えなければ、当時の村の名を教えていただけますか」

加平は問うてきた。釣り人が投げ入れた鉤先《はりさき》の餌をふかす魚のように、喰っていい餌かどうかを見極める。

「岩村《いわむら》郡の西脇村です」

もとより、尋ねられなくとも、語るつもりでいた。

「西脇村」

魚は鉤を呑んだようにも見えた。

「ご存知ですか」

すくなくとも、そこが名子が残る本田村であることくらいは、加平は知っていると、信郎は判じた。

「名前を耳にしたような気はいたしますが……」

けれど、加平は答えた。

「よくは存じ上げません」

「十七歳の終わりまで、おりました」

加平の腹積もりをあえて無視して、信郎は語りを進める。

「堀越十蔵様とおっしゃる草分け名主の御屋敷です。もしも、あのまま御屋敷にいれば、わたくしは一生を名子として送ったことでしょう」

「抜けられたのですか」

話を合わせているようには見えない。加平は聞く気で聞いている。

「いえ、送り出していただきました。ここに閉じ込めるにはお前は若すぎると言っていただいて」

「さようですか」

箸を置いて、加平はつづけた。

「良き御当主と出会われましたな」

「久松殿も……」

そろそろ本題へ戻る頃合いと、信郎は観た。

「同様に、良き御当主で、名子を閉じ込めなかったということでしょうか。だから、人手が足りない」

「良い当主かどうかはともあれ……」

みずから茶を淹れながら、加平は答える。

「彼らの背中を押したことは事実です。時代は変わりました。いまは若干の奉公人を雇い入れて。あと、稲作の節目節目には、村人も助《す》けてくれております」

かつて、上本条村のすべての土地は久松家のものだったという。その恩に対する奉公の記憶を、いまだにとどめているということなのだろう。

「しかし、いかんせん二十二反では得るものも限られてきます」

信郎は踏みこむ。

「その蓄えで、飢饉の際にお救いを施し、ましてや、沼の干拓事業を起こして、村人全員になんとか喰いつないでいけるだけの日当を支払うのは、いささか無理がありませんか。失礼だが、そもそも干拓事業はまことのことなのでしょうか」

「それは、まことでございます」

即座に、加平は答えた。

「明日、ご覧になっていただきます」

「して、どうやって」

「先祖が蓄えてくれたものもございますし……」

そうくるか、と信郎は思った。それを持ち出されたら、手詰まりを覚悟せねばならない。かつての戦国領主がどれほどの軍資金を蓄えていたのか、それが百五十年余り経《た》って、どれほどになっているのか……すべては伝説の内に閉ざされてしまう。そして、伝説では、他の土地に移植できない。

「それに、干拓の資金は当家だけが負担したのではありません。村の郷倉に蓄えたものも充《あ》てました」

「さほど頼りになる蓄えとは思えませんが」

郷倉の蓄えは、あくまで救荒の食糧を確保するためのものだ。干拓に要る資金の、勘定の柱になるとは思えない。

「笹森様」

茶を啜《すす》って、加平は言う。

「当村の郷倉は、けっして馬鹿にしたものではございません」

「ほほお」

「相当の蓄えを積み上げることができます」

「〝耕作専一〟で、ですか」

知りたいのは、その一点だ。

「はい、その裏づけが、屋敷内にございます」

「屋敷内に」

「さようです。それが郷倉を富ませます」

「はて、なにか」

屋敷内にあって、郷倉を富ませるもの……。

「それも明日、見せていただけるというわけですか」

そんなものがほんとうにあれば、まさに、それが献策のタネになる。ともあれ、いま、それは、漆黒に染まった庭に息づいているのだろう。

「いえ、もしもお望みなら、明日と言わず、これからでもご覧いただけますが」

「これから……」

どういうことだ……?

「はい、奥の座敷にございます」

「座敷、に」

「ええ、ご覧になりますか」

「もとより」

庭ではなく座敷に、郷倉を富ませるなにがあると言うのか……。戸惑いながらも、信郎の腰は浮いていた。

奥へつづく長い廊下を途中で右に折れ、すぐにまた左へ曲がった。燭台《しょくだい》を持つ加平の背中についてしばらく歩み、こんどは右へ折れる。

そんなことを、もうひと回り繰り返して、戻る順路が分からなくなった頃、廊下の突き当たりに、両開きの鉄《かね》の扉を見た。座敷は座敷でも蔵座敷《くらざしき》で、分厚い漆喰《しっくい》の土蔵を母屋に組み入れているのだった。

土蔵なら、おそらく扉は三重になっている。けれど、加平が手にする鍵の束には、七、八本は吊り下げられていそうだった。用心のために、偽《にせ》の四、五本を交《ま》ぜているのだろう。その束から加平は難なく本物の一本を選び出して、まずは表の鉄の扉がいかにも重そうな音を立てて開いた。

期待と不安と疑念が入り交じった、どうにも落ち着かない気持ちで、信郎は、中の引き戸に鍵を差す加平の手元を見やる。

自分でも意外だったが、献策のタネを得て支配勘定の席に近づきたい、という気持ちはどこかへ行っている。

とにかく、献策のタネがいかなるものかを知りたい。

出世云々《うんぬん》ではなく、とにかく、それがなんであるかを見届けたいのだ。

一方で、献策のタネがこんなに簡単に手に入れることができるはずがないとも思う。

振り返れば、この三年近く、信郎はずっと、これはという策を探し求めてきたのだった。なのに、初日の、着いた夜に、田畑でも庭でもなく、よりによって座敷で、呆気《あっけ》なく出会えるわけがない。あまりにも安直な成り行きに不安と疑念が綯交《ないま》ぜになって、そもそも、そんな献策のタネなどありえないのではないかという気にさえなり始めた。

けれど、不安や疑念より、やはり、期待のほうがはるかに大きかった。中の銅《あか》を張った戸が引かれ、そして内の木の戸が開け放たれると、信郎は待ち切れぬ想いで、蔵座敷へ分け入った。

先に入った加平は、床に据え置かれた燭台に火を点《とも》していく。

そうして蠟燭《ろうそく》の灯に浮かび上がったものを認めたとき、信郎は一瞬、肩透かしを喰った想いに捉われた。

蔵座敷の壁という壁は、床から天井まで棚になっていた。

そして、その棚という棚に隙間なく収められていたのは、おびただしい書物だったのである。

びっしりと書物で埋め尽くされた四面に囲まれていると、なにか手ちがいがあって、加平が案内しようとしたのとは別の場処に立っているという気にさえさせられた。

それでも信郎は、代官所の手代を務めた男だった。すぐに、書物が皆、農書であろうことに気づいた。

ならば、そこにあってもおかしくはない。とはいえ、やはり、献策のタネとは重なり合わない。日頃の信郎は、書物を好む。が、その信郎をもってしても、その場には、書物の放つもっともらしさが、いかにも不似合いだった。信郎はもっと想いも寄らぬ、圧倒されるような、突き抜けた手立てを描いていた。

ふーと息をついて、割り切れなさを残しつつ加平の横顔を見やったが、まったく素知らぬ風である。しごく落ち着いた様子で書棚の前に座し、そして、誇らし気に言った。

「ここにございます農書が、当家と、そして当村の武器です」

「武器……」

「はい。つまり、この蔵座敷が武器蔵です。郷倉を富ませるものです」

「ほお……」

なんと受けてよいやら分からない。

百姓にとって、農事知識が、つまりは農書が重要であることは言うまでもない。信郎とて、宮崎安貞《みやざきやすさだ》の『農業全書《のうぎょうぜんしょ》』全十一巻は暗記できるくらいに読みこんだ。

『農業全書』は、この国において書肆《しょし》で刊行され、公に販売された初めての農書だった。そして、いきなり最高峰だった。初めて、ということは、その時点では唯一なのだから、最高峰で当り前のようだが、版刷りではなく写本で伝わっている農書ならば、それより以前にも出ている。とりわけ『百姓伝記《ひやくしようでんき》』全十五巻はおそらく著されてから七十余年が経っていると思われるが、いまなお輝きを失っていない。そういう先行した名著を含めても、『農業全書』は最高峰だったし、公刊後、六十余年を経た今日においても、あとを追った幾多の農書を遥かに見下ろして、最高峰でありつづけている。

だから、農書が貴重なのは理解できる。「武器」という、ことさらな言い回しをするのも分からぬではない。とはいえ、加平ほどに慎重な男がそれを言うと、取って付けたようで、いかにも浮いて聞こえた。たしかに農書の教えは救荒の備えを厚くするだろうが、干拓の資金を蓄えるまでには至るまい。それに、もはや最高峰たる『農業全書』の教えは相当に行き渡っている。上本条村だけが、農事の技において突出するのはむずかしかろう。

「笹森様にひとつお尋ねいたしますが……」

けれど、加平は、そんな信郎の風が目に入らぬかのように平然と言った。

「弱小の戦国領主の、主戦術はなんだと思われますか」

「はて……」

それが献策のタネとどういう関わりがあるのだろうと思いつつも、信郎は頭を巡らせる。

「奇襲、でしょうか」

とりあえず言ってはみたものの、戦のことは分からない。関心もない。宝暦の御代に、戦を語るのは座興《ざきょう》でしかない。この御代の戦は、敵軍ではなく貨幣との戦だ。

「たしかに奇襲もありまするが、主戦術とは申せません。主戦術とは、幾度でも使える戦術を言います。奇襲も繰り返せば奇襲ではなくなる。主戦術にはなりえないのです。幾度でも使える、という視座から、お考えになってみてください」

信郎には、加平の語りが言葉遊びのように響く。

「いや、分かりません」

さほど考えることもなく、さっさと白旗を掲げた。いささか、しつこいとも感じる。

「なんでしょうか。教えてください」

切り上げねば、と信郎は思う。早く、献策のタネという本筋に戻したい。そういう信郎の思《おも》惑《わく》を断ち切るように、加平はしばし黙してから、ゆっくりと唇を動かした。

「籠城《ろうじょう》、でございますよ」

「ああ……」

たしかに、籠城なら幾度となく使えるだろう。ただし、落ちない限りは。

「城に籠《こも》って、ひたすら守る。守り抜く。とにかく粘って、動くに動けない状態に持ちこみ、和睦《わぼく》にもっていくのです。それも、すこしでも籠城を長引かせて、こちらに有利な和睦の条件を引き出す。弱者の戦はこれしかありません」

だから、どうなのだ、と信郎は思う。加平の話は献策のタネから遠いばかりか、農書からも遠い。

「されば、籠城するに当たって、最も大事に備えなければならない要諦《ようてい》はなんでありましょうか」

まだ、つづけるのかと、信郎はすこし焦《じ》れた。それでも、ともあれ答えはしようとして、適当に口にする。

「それはむろん、兵糧《ひょうろう》の確保でしょう」

これで、ようやく、農書には近づいた。

「そのとおりです！」

すかさず、加平は言う。その言い方が、手習い処の師匠が子供に、よくできた、と褒《ほ》めるかのようで、思わず信郎は憮然《ぶぜん》として言い返した。

「籠城でなにが大事かと問われたら、誰だって兵糧と答えます」

そして、つづけた。

「だから、農書を武器とするのは、いささか短絡《たんらく》ではありませんか。重要であることは疑いようもありません。しかし、武器と呼ぶのはいかがなものでしょうか」

「いや、やはり武器なのです」

平然と、加平は答える。

「潤沢に食糧を確保するには、秋の収穫後に籠城するのが最上です。しかし、そんなことは敵も分かっていて、穫り入れよりも前に攻撃に出ようとする。その時期は前年の収穫期から一年近く経っているわけですから、最も備蓄に不利な時期なのです。即ち、籠城という弱小領主の主戦術を使えないことになります。主戦術の成否を左右するとなれば、これはもう武器でしかありえないと思われませんか」

「食糧は武器でしょう」

直ちに、信郎は反論した。

「しかし、あなたが武器と言われたのは、食糧ではなく農書だ。たしかに農書には重要な栽培技術が編まれている。かといって、農書まで武器とするのは誇張と言うべきでしょう。いくら栽培技術を説いたとて、収穫期の直前に籠城ができるようになるわけではないでしょう」

「いや、できます」

加平は譲らない。

「籠城、ですよ」

信郎は念を押した。

「ええ、籠城です」

「どうやって？」

「簡単ではありませんか。収穫期をずらせばよいのです。前にずらす。そうすれば、敵が攻めてくる前に収穫を終えて備蓄することができます」

「つまり……」

そういうことかと思いつつ、信郎はつづけた。

「早稲《わせ》、ですか」

「さようです。そもそも、早稲はそのようにして生まれました。早く苗代《なわしろ》を用意し、早く田植えをして、早く収穫する。そうして早く備蓄し、籠城に備える。主戦術を、通常の収穫期においても可能にする武器として、育てられたのです」

そうと説かれてみれば、早稲ははっきりと武器だった。戦の絶えた御代に生まれ育った信郎にとって早稲は早稲だったが、戦国の弱小領主にとっては、たしかに武器だっただろう。

「しかし、その早稲の収穫期に敵軍が攻めてきたらどうしますか」

それでも、信郎はすぐには降参しなかった。

「もっと早く穫れる早稲を探します」

「そのもっと早い収穫期に襲ってきたら？」

「それは、厳しくなるでしょう」

加平は言った。

「しかし、笹森様。稲の品種には早稲、中稲《なかて》の他に晩稲《おくて》もあることを思い出してください。敵の攻撃が中稲の収穫期よりも前へ、さらに早稲の前へずれれば、つまりは、そのときには前年に収穫した晩稲の蓄えがまだ残っている目が出てきます」

「たしかに」

もはや、認めるしかなかった。

「それに、戦はさまざまな要因が入り交じって時期が決まります。敵軍とて、相手の収穫期のみを見て軍勢を整えることはできません。稲穂の実る時期をずらせば、それだけ備蓄がしやすくなるのです。つまり、早稲のみならず、疾《と》中稲《なかて》や晩中稲《おくなかて》などを含めた、品種の組み合わせこそが武器であるということです」

信郎は胸の内で加平に詫びた。期待が大きすぎて、つい、気持ちがはやってしまった。籠城という視座から稲の品種を編んでいる農書があるとすれば、たしかにその農書は「武器」と言ってよいだろう。

「この考えは、最も古い農書とされている『清良記《せいりょうき》』に盛りこまれています」

加平はつづける。

「伊予国《いよのくに》の弱小領主だった土居清良《どいきよよし》の一代記、全三十巻の巻七が農書になっているのですが、お読みになってはいませんね」

「はい。そういう農書があると耳にしたことはありますが、実物に目を通したことはありません」

信郎は答えた。

「一度、読んでみたいと思って、さまざまな篤農家《とくのうか》の書庫を訪ねましたが、どこにもなく、あれは噂だけの農書ではないかという声さえ聞きました」

「板行はされておりませんが、写本は実在します。あちらにございます」

加平はちらりと信郎の背後に目を向ける。

「よろしければ、折を見て、お読みになってください。ただし、『清良記』巻七は最も古い農書ではありません」

「ほお……」

加平の口調はあまりにはっきりしていて、なんでそうと言い切れるのだろうと、信郎はいぶかった。けれど、加平はさらにつづけた。

「稲の品種を、籠城から説き起こしたのも、『清良記』が嚆矢《こうし》ではありません」

「なにゆえ、そのように明言できるのでしょう」

思わず、疑問をそのまま言葉にした。

「それよりも古い農書が、ここにあるからです」

淡々と、加平は語った。

「わたくしは十五代目の久松加平になりますが、その農書は文禄の頃、十代目の久松加平によって著わされました」

信郎は無言で、加平の次の言葉を待った。ならば、この国で最古の農書は、久松家の当主が編んだということになる……。それはそれで、信郎を昂《たかぶ》らせた。

「当家では単に『農書』と呼ぶ習わしになっておりますが、それでは紛《まぎ》らわしいので、笹森様には『久松家農書』と紹介させていただきます。伝えられる『清良記』が編まれた年代よりも五十年は古く、巻数は七巻とけっして多くはありませんが、全巻、籠城を可能にするための農事、という内容で埋まっております。『久松家農書』が最も古い農書であるか否かは、全国を調べたわけではないので断言はできませんが、戦に的を定めて著わされた初めての、そして、唯一の農書という紹介ならば、おそらくは差し支えないのではないかと思われます」

「こちらに収められているのが、その『久松家農書』なのでしょうか」

戦のための農書などついぞ知らず、四面に埋まる蔵書がたしかに武器に見え出した。平時の農しか知らぬ信郎を、書物の背が急に武張って見下ろしている。

「さようです。笹森様の背後の棚は、『清良記』や『百姓伝記』、『耕稼春秋《こうかしゅんじゅう》』などの写本ですが、他の三面の棚は『久松家農書』と、その農事日誌です」

ふと、『耕稼春秋』にもまだ目を通していないな、と信郎は思う。農書の収集においても、久松家の蔵屋敷は図抜けているようだ。ぜひ、目を通してみたいものだが、しかし、いまはそういう話ではない。信郎は耳に、気を集めた。

「棚のあらかたを占める農事日誌は、つまり、『久松家農書』の内容に基づいて農事に当たった日々の記録で、天候や土壌、水の状況、作業の細目《さいもく》や、その結果等について、細大洩《も》らさず資料として残しております」

「いつからでしょう」

「日誌を見る限り、文禄二年からです。以来、一日たりとも欠けておりません」

「文禄から百六十余年、一日も欠かさずですか」

「はい、ずっと切れ目なく、つづいております」

「にわかには、信じがたい根気ですね」

資料は継続してこそ資料になる。混沌《こんとん》とした事実の粒が、無数に散りばめられることによって、粒が粒を求め、呼び合い、寄り添い、いつしか塊《かたまり》になって、そこに法則性が生まれる。ただし、そうなるには、呆れ果てるほどの根気が欠かせない。いつ放棄されてもおかしくはない記録をつづけさせるのは、粒を集めれば塊になると信じこむ心の強さと、智慧《ちえ》への渇《かわ》きだ。

「この屋敷も、築いたときには砦そのものだったと伝えられております」

ふっと息をして、加平は言った。

「祖先はここでも籠城を覚悟していたのでしょう。石垣はいまの数倍はあったし、堀もはるかに広かった。徳川の公方様《くぼうさま》の御代が進むに連れ、石垣は低く、堀は狭くなっていきました。しかし、けっして籠城を忘れ去ったわけではなかった。屋敷を平時に合わせる代わりに、祖先たちは『久松家農書』という武器をさらに強靱《きょうじん》にすることを目指しました。農事日誌を縦、横、斜め、逆、裏……あらゆる角度から眺め回し、小さい筋、大きい筋を読み出して、巻を加えていったのです。七巻だった『久松家農書』は、いまでは十六巻まで巻数を増しております」

それは凄《すさ》まじいと、信郎は嘆じた。『久松家農書』への関心が、いやがうえにも募《つの》る。

「読ませてもらうことはできませんか」

断わられるのを承知で、訊いた。『久松家農書』がただの農書ならば、加平は承諾するだろう。しかし、『久松家農書』を、本気で、祖先が築いた武器と認めていれば、他家に披露するはずがない。軍《いく》さ備えを、明かすはずがないということだ。

「それは、ご勘弁を」

言下に、加平は拒んだ。やはり、加平は籠城する領主の、十五代当主らしい。

「ならば、武器としての『久松家農書』は、他の農書とどこが異なるか、その一点のみ、お答えください」

加平が淀みなく語ることができれば、たしかに『久松家農書』は今日においても武器たりえて、郷倉を富ませるかもしれない。

「初期に著された農書の論点の中心は、稲の品種でした」

すっと、加平は語り出した。

「その土地、その土地に合う、品種を見つけ出し、育種することが農事の主題だったのです。これは逆に言えば、土は、土壌は変えようがないという、農事の姿勢を表わしています。土は所与のものであって、人がどうすることもできない。だから、どうすることもできない土に合わせて、品種を選ぶというわけです。この姿勢は稲だけでなく、他の作物にも共通していました」

加平の弁舌は、明瞭だった。

「ひるがえって、今日の農書の中心は肥料です。戦国の世が終わって、他領の肥沃な土地を力ずくで我がものにするのはむずかしくなりました。否応なく、耕地に向かなかった自領の土地まで、耕地として利用しなければなりません。となれば、これまでのように、土は変えようがないと言ってはいられなくなる。どんな品種をもってしても栽培できなかった土地でも、作物を作らなければならないのです。つまり、土を、土壌を変えなければならない。この土を変える手立てこそが肥料です。品種から肥料へ、という流れは、人々の意識が、土は変えようがない、から、土を変えなければならない、に転換したことを伝えているのです」

知らずに、信郎は感心している。学者のような容姿の加平が、学者そのものに見えてくる。それも、秀逸な。これまで肥料を、そんな観点から考えたことはなかった。見る者が見さえすれば、馴《な》れた農事の背後に、大きな潮目が動いているのが知れてくるものだ。

「ところが、『久松家農書』に限っては、こうした農書の大きな流れと無縁です」

「どういうことでしょう」

「『久松家農書』は最初から両方なのです」

「両方」

「つまり、品種も、肥料も、です」

「ほお」

「それこそが、戦に的を定めた農書の証しではないでしょうか。籠城のみが戦術の弱小領主です。戦国にあっても、他領の土地を奪うどころか、自領の土地を守るだけで精一杯でした。当時から、土は変えようがないと、あきらめてなどいられなかったのです。どんな土地でも、作物を作らなければなりません。だから、品種も、肥料も、追求せざるをえなかった。他の初期の農書でも、品種と肥料の両方を扱っているものがないわけではありませんが、『久松家農書』はその力の入れ具合がちがうのです。程度も、ちがいすぎれば、本質が変わります」

黙って、信郎はうなずいた。

「そのなによりの証左が、塩硝《えんしょう》です」

「えんしょう……」

信郎はおもむろに言葉をなぞる。もしも、加平が語った「えんしょう」が塩硝だとしたら、話はとたんにキナ臭くなる。

「『えんしょう』とは、あの塩硝ですか」

「さようです。あの塩硝です」

塩硝は、鉄砲に使う火薬の原料だ。つまりは、厳に秘すべき軍事の機密であり、幕府も諸国も、その製法を含め一切に封をする。

「塩硝が農事に関わってきますか」

その秘すべき塩硝づくりに、信郎も名子の頃、関わっていたことがあった。笹森の家が仕えていた堀越家もまたかつての戦国領主であり、その屋敷は闘う屋敷だった。広大な敷地のなかには、その昔は軍馬を育てていた秣場があり、弓や竹槍の武器庫となる竹林があり、有事に飲み水を確保するために引き込んだ小川があった。脂を取る松林も、梅の実をもたらす梅林もあった。そういう闘う備えのひとつとして、塩硝づくりもあったのである。

「大いに関わります」

即座に、加平は答えた。

「耕作に向かぬ土地を耕地にするには、肥料を投入しなければなりません。しかも、その量は増加の一途であり、今後はますます、肥料を大量投入する多肥栽培が当たり前になっていくでしょう。しかし、多肥栽培には大きな問題があります。作物が摂り入れ切れぬ、あるいは必要のない養分が、土のなかに残って溜《た》まるのです。それが作物に悪さをしでかし、また、土を濃くして、作物の根から逆に水気を奪います。いち早く、多肥栽培に取り組んだ当家の当主たちは、またいち早く、この弊害にも気づきました」

信郎もその兆候は捉えている。けれど、多肥栽培はまだ走り出したばかりで、弊害を云々する段階にはなく、流れを止めようもない。『久松家農書』は明らかに、数十歩も先を行っていた。

「たとえ作物に吸収されなくとも、土に残らずに、やがて消えてしまう肥料はないか……。その取り組みからたどり着いたのが、火薬の原料である塩硝を肥料として使うことでした。塩硝は作物に欠かせない養分を含みますが、その養分は土中に長くあると消えてしまうのです。ただし、塩硝だけでは作物が求めるすべての養分をまかなうことはできませんし、消えてしまうということは、そのつど与えなければならないということでもあります。つまり塩硝は、従来の肥料や、塩硝の仲間との組み合わせ方など、その用い方がきわめて重要になるのです。『久松家農書』は、その用い方だけに数巻を充てています。いかがでしょう。このあたりで、よろしいでしょうか。ご要望の、他の農書とのちがいは、お伝えできたのではないかと存じますが」

加平は問いかけているが、その顔には、これより先は語らぬ、と書いてある。たしかに加平は十分に語った。塩硝を使うという、語ってはならぬことまで語った。

塩硝を使うからには、みずからつくっているのだろう。籠城する領主である久松家の歴代当主は堀越家と同様に、塩硝を火薬の材料として自製しつづけてきたはずだ。とはいえ、戦が絶えれば、さほどの量は要らなくなる。そもそもは、溜まるばかりの塩硝を、いかに処分するかという処から、肥料としての用途が導き出されたのではなかろうか。そうして塩硝作りは今日まで引き継がれた。ただし、秘密裡《ひみつり》にである。

御公儀から新たな塩硝製造の許可を得るのはむずかしい。塩硝づくりが広まって、管理が曖昧になれば、火薬を手に入れやすくなり、百姓が広く鉄砲をつかう途が開ける。兵農分離は徳川の御代の根幹だ。それに、公許を得ようとすれば、伝来の製法を明かす必要だってある。明かせば、いずれは秘伝が洩れ、領主の地位を危うくする。で、あえて塩硝をつくりつづける場合は、申請はせずに秘してつくる。堀越家はそうだった。加平率いる上本条村もまた、公許を得ずにつくっているのだろう。その、村の存続に関わる大事を、加平は明かした。

「それで……」

でも、信郎はまだうなずくわけにはいかなかった。

「武器の効き目は、どうなのでしょう」

ここまで聞いたからには、『久松家農書』がどれほどの収量の増大につながるのかを知りたい。それが、村独自の干拓を可能にするほどの蓄えをもたらすものなのかも、はっきりさせたい。『久松家農書』を捲《めく》って献策のタネを仕入れるのはかなわないにしても、可能であると見きわめるだけで、すこぶる大きい。実績を示されれば、腰を据えて、そこへ向かう手立てを講じることができる。百の理屈よりも、ひとつの実績だ。

「誠に、失礼ながら……」

加平は目を伏せて、言った。

「笹森様の、その話され方……」

おもむろに目を上げて、言葉を足す。

「かつて、この屋敷にも同じように話す者がおりました。誰に対しても等しく、丁寧に言葉を操るのです。わたくしにも、村人にも、なんら変わりません」

「そうですか」

想った答ではなかったが、信郎はそれが脇筋とは思わなかった。

「その者は、名子でございました」

「ええ」

加平は遠回しに、信郎が名子だったことを認めたと伝えているのだろう。ここまで語りつつ、値踏みしていたのだ。

「それゆえ、この蔵座敷までご案内させていただきました」

信郎の目を見据えて、つづけた。

「できましたら、ここまででご容赦を。この先になりますと、検地の見直しということにもなりかねません。久松家当主としての村人への務めを、果たせなくなります。その代わり……」

小さく息をしてから、加平はつづけた。

「村のどこをどのように視《み》られても、けっこうです。もしも、収量や手立ての詳細をご要望であれば、笹森様ご自身でお調べください。ただし、わたくしの口からは申し上げられません。なにとぞ、お赦《ゆる》し願います」

言うと、加平は平伏《へいふく》した。力強い、平伏だった。頭を床に押し当てているのに、威圧する。代官所の手代として、幾度となく、懇願する平伏ではなく、威圧する平伏と向き合ってきたが、加平のそれは、いままでいっとう力強かった。

ひとまずは退《ひ》こうと、信郎は判じた。加平の威圧と対するだけの気構えはまだ固まっておらず、いま、無理に前へ踏み出せば、せっかくのここまでの収穫が台なしになりそうな予感がした。

夕餉のときを無駄にしなかったお陰で、あと二日とすこしある。田畑を、沼を、森を回るなかで、見きわめていこう。

今夜、この蔵座敷に招いたことが、ほんとうに名子だった自分への加平の厚意なのか、それとも他に意図があるのかも、いまはまだ分からない。それも含めて、観ていこう。

ともあれ、この村にはなにかがある。この村はふつうの村とはちがうし、自分が名子として暮らした西脇村ともちがう。

屋敷の門を潜ったときには、同じ匂いを感じていたが、居るほどに匂いは薄れていった。いや、ちがう匂いが増していった。『久松家農書』だけでは説き切れない匂いだ。

勘定所普請役として、そう感じたのか、名子として感じたのか……。ともあれ、明日だ、と信郎は思った。

【三】

下谷に住まっていると、年中、縁日が出ているような心持ちになる。犬も歩けば寺や塔頭《たっちゅう》に当たるような土地柄だから、あながち気のせいだけではないのかもしれないが、だとしたら、いっとうその気にさせている寺は、御山の開山堂《かいざんどう》だ。といっても、下谷の住人なら、あらかたが開山堂ではなく両大師《りょうだいし》と呼ぶ。東叡山の開祖である慈眼大師天海大僧正《じげんだいしてんかいだいそうじょう》と、天台宗座主《てんだいしゅう》を務めた平安時代の高僧、慈恵大師良源大僧正《じけいだいしりょうげんだいそうじょう》の、ふた方の大師を祀《まつ》っているのである。

江戸へ出てきて、初めての正月を迎え、さて、どこに初詣《はつもうで》に行こうかとなったとき、地主の御家人《ごけにん》の内儀《ないぎ》が、「下谷稲荷じゃ、初詣には近すぎるしね」と言っていたのを思い出した。「なんか、手軽すぎちゃって」。町家《ちょうか》から嫁《か》してきた女《ひと》のせいか、あけすけな話し方をして、江戸に馴《な》れていない智恵には助かることが多かった。「うちでは、初大師《はつだいし》にしているの」。正月三日に両大師に詣でることを、初大師と呼ぶらしかった。

　そうと、信郎に伝えると、「おひと方でもありがたいのに、おふた方の御大師となれば、きっと御利益《ごりやく》だって倍にちがいない」と、らしくもなく俗っぽい台詞《せりふ》を言って笑《え》みを見せたのは、江戸へ上がって間もない智恵の気持ちをほぐそうとしたのだろう。

　ともあれ、明けた宝暦六年の正月三日、二人して御山へ向かうと、新寺町《しんてらまち》通りは、両大師へ通じる屏風坂《びょうぶざか》のはるか手前の車坂町《くるまざかちょう》あたりから、人でごったがえしていた。江戸で初めての正月を迎えた智恵は思わず尻ごみしたが、意を決して群れの一人になってみれば、楽ではないものの、けっして嫌でもない。人波に揉《も》まれるほどに、己の内に抜きがたく居ついていた出戻りやら、もらい猫やら、名子やらが、里芋にこびりついていた黒い泥さながらに洗われていくようで、知らずに気持ちが軽くなっていった。だから、難儀とも感じることなく御堂に詣でることができたし、すっと阿弥陀《あみだ》様に手を合わせて、早く信郎の想《おも》いが叶《かな》いますようにと、願掛けをすることもできた。

　両大師をあとにしても、ふんわりとした気持ちは消えなかった。正月らしく晴れ渡った空は青を通り越して薄藍《うすあい》に近いほどで、陽気はひんやりとしているものの、降り注ぐ光には春の芯があって温《ぬく》もりを孕《はら》んでいる。参道の桜はむろん裸木《はだかぎ》ではあったけれど、枝の花芽《はなめ》へと目をやればずいぶんと膨らんでいた。おまけに、早ければ来月の月末《つきずえ》には綻ぶかもしれぬ花芽の下には縁日の屋台が連《つら》なっていて、その賑々《にぎにぎ》しさといったら、石澤郡北岡の白蚕明神のそれとは比べものにならない。飴《あめ》や新粉《しんこ》の細工なんぞをひやかすほどに童女に還《かえ》ったような気になって、ああ、自分はいまたしかに江戸にいるんだと思うことができた。

陣屋のある山花での一年だって智恵にとっては心躍る暮らしではあったが、元締め手代の新造ということで、なにかにつけ周りから視線が注がれた。でも、このどこもかしこも沸《わ》き立つような江戸では、誰も二人になど目もくれない。いきなり柵が取り払われたかのごとき気持ちは信郎も同じらしく、信郎が非番になるたびに下谷はむろん、谷中《やなか》や根津《ねづ》、根岸《ねぎし》などにも連れ立って足を延ばして、しがらみとは無縁な暮らしを味わった。茶屋や煮売り屋ではあるけれど、二人して外でお腹《なか》をよくしたりすると、いかにも出てきた土地を遠くに感じたものだ。

そういう抜けたゆるやかさが、両大師にはとりわけ満ちていて、縁日の屋台まで楽しんで下谷稲荷裏に戻り、内儀に礼を述べがてら、来年も行ってみたいと言ったら、「あら、次の縁日はすぐ半月あとよ」と教えてくれた。「両大師は三日だけでなく十八日にも縁日が出るの。それも、毎月」。

それからは一人でも、折に触れて両大師に詣でた。最寄りの下谷稲荷には申し訳なかったけれど、あらたまった願いごとをするにはご近所すぎるということで勘弁してもらって、せめて御稲荷様の前を通らない路を縫って、屏風坂を上った。

すぐにほんとうの春が訪れてみると、南東の斜面の上に伽藍《がらん》を構える両大師は、花見のてっぺんである御山のなかでも、とびっきりの桜の名所であることを思い知らされた。御山から下谷稲荷までは、御山の御堂から御堂へ移るほどの距離だ。二人が住まう家作《かさく》からも、まさに両大師を淡紅《たんこう》の雲のごとく埋め尽くす桜を見渡すことができる。その様が目に入れば、三日と十八日とは言わず、足を向けずにはいられない。そうして、せっせと通ううちに、ある日ふと、自分も掌《てのひら》分くらいは、下谷の人間に染まっているのかもしれないと思った。江戸者にはなれないかもしれないけれど、下谷の者にはなれるかもしれない。そんな風に考えが向くと、この下谷で、まっさらな自分に生まれ変わって、信郎と二人、一から暮らしを編んでいけそうな気もして、花見の季節が過ぎたあとも、半月より長くあいだを空けると落ち着かなくなった。

信郎の妻となって、ひとつ屋根の下で暮らすにつれ、智恵は北岡での自分を厭《いと》うようになった。いっとう疎《うと》ましいのは、農家の嫁に入っていたときの自分だ。一刻も早く成宮の屋敷を出たいがための縁組で、相手なんて誰でもいいと覚悟していただけに、初めて亭主となる男と顔を合わせたときも拒む気持ちは起きなかった。けれど、いざ、触れられてみると鳥肌が立った。指先のざらつきも、首筋の臭いも、すべてが嫌で、どうにもならなかった。なんとか我慢できたのは、男と肌を合わせるのが初めてで、男は皆そういうものと観念していたからだ。

それが、信郎と連れ添って初めて、そういうものではないことを悟らされ、自分が亭主だった男を毛嫌いしていたのを識《し》った。婚家から離縁を切り出されたとき、成宮の家に戻らなければならない気の重さと、わけの分からない解き放たれた気持ちの両方を味わったのは、意識されない嫌悪が溜《た》まっていたのだろう。前の夫の顔は思い出すこともないけれど、その程度の結びつきでしかなかった男の子を産もうとしていた女の汚れめいたものは消しようもないわけで、それもひっくるめて生まれ変わらせてくれないかという、あえて勝手を言わざるをえない想いが、智恵を両大師に通わせた。

それに、智恵は繁《しげ》く願掛けをしなければならなかった。ちょっとでも早く信郎の子を授かりますように、と願わなければならなかった。信郎は名子《なご》上がりの代官所手代から、名子が名子にされる前の武家になろうとしている。笹森の家を再び、武家の家筋に戻そうとしている。その家筋を継ぐ子がいなければ、山花陣屋の元締め手代を捨ててまで江戸へ出た信郎の覚悟もがんばりも、すべて水泡に帰してしまう。子ができずに去り状を渡されたことのある智恵だけに、日を経るに連れ、信郎が口にした「おふた方の御大師となれば、きっと御利益だって倍にちがいない」という台詞がよみがえって、智恵はいよいよ両大師を目指すのだった。

そんな智恵が、下谷に住まって二年が過ぎた頃より、両大師から遠ざかるようになった。倍の御利益を、当てにできなかったゆえではない。たしかに、それまでは焦りを深めていた。北岡での一年を入れれば、いっしょになってもう四年近くが経《た》とうとしている。なのに、授からないのは、やはり、自分ができぬ躰《からだ》なのだろう。祝言《しゅうげん》を挙げる前に、子は無理かもしれぬと告げたとき、「分からないじゃありませんか」と言い、「相手あってのことでしょう」と言ってくれた信郎の顔が浮かんで、もしも、来年も子を得なければ、この下谷稲荷裏とも縁を切らねばならないだろうと、なかなか据わろうとせぬ腹を据えようとさえしていた。

が、二年という月日は、自分でも気づかぬうちに別の考えをも育てていた。いつものように屛風坂を上り、阿弥陀仏に掌を合わせて願いをつぶやいていたとき、ふっと、ほんとうに自分が子を授かってよいのかという想いが過《よぎ》ったのである。

信郎は二年で、いまの普請役から支配勘定になると言っていた。つまり、勘定所雇いではない、ほんものの武家になると言っていた。その二年が、智恵が両大師に一心に通うあいだに、気づくと終わろうとしていた。なのに、信郎は普請役のままだ。笹森の家はまだ武家の家筋になっていない。子に継がせるべき家筋を、得ていない。信郎に限って、そんなことになるはずもないのに……。

嫁して最初の一年は、二人はまだ山花にいて、信郎も陣屋の御用をつづけていた。話には聞いていた、誰もが一目《いちもく》も二目《にもく》も置く元締め手代の姿に日々接して、智恵は信郎の持てる力にあらためて得心した。すごいおひとなんだろうとは思ってきたが、ほんとうにすごいのだと思った。だから、信郎が江戸へ出て二年でほんものの武家になると言えば、それはもう、きっとそうなるに決まっていると頭から信じた。

ずっと下谷稲荷裏で暮らしたい智恵にとっては、それはかならずしも望む成り行きではなかったが、武家が信郎の励み場であるとすれば、自分の本心など取るに足らない。叶ったときは盛大にお祝いをして、両大師にも御礼参りに上がらなければと決めこんでいただけに、信郎が普請役のまま、呆気《あっけ》なく二年が過ぎたときは、どう受け止めてよいやら分からなかった。そんなことがあるはずもないのに、と思い、こんなことがほんとうにあるんだ、と思った。ほっとする気持ちもなくはなかったが、信郎の願いが叶わなかったことの気落ちのほうが遥《はる》かに大きくて、なにしていても心ここにあらずという体《てい》だった。

ともあれ、信郎の失意を癒《いや》さなければと気持ちを切り替えようとしたけれど、気落ちを引きずったのはむしろ智恵のほうだった。あるいは落胆ならば、立ち直るのも早かったのかもしれない。でも、智恵の気落ちは疑念やら理不尽やらから来ていて、あの信郎の力がなぜ認められないのかという想いはいつまでも残った。智恵は自分でも、あきらめ上手と思ってきた。なんにつけ、さっさとあきらめることで、多喜の妹をこなしてきた。躾《しつけ》と同じで、努めてあきらめるようにしていたら、ほどなく、苦もなくあきらめられるようになった。でも、このことだけはあきらめられず、繰り返し考えつづけた。そうして、たどり着いた答は、誰がわるいのでもない、きっと自分がわるいのだ、というものだった。

信郎はいろいろなものに長じていた。観察眼に秀《ひい》で、さまざまな御法に通じて、調整の力に長《た》けている。地方算法《じかたさんぽう》だって修めているし、農書を読みこんでいて、農事にも明るい。そのように多くの資質において抜きん出ていたが、幕臣になるためにいちばん大事なものを欠いていた。勘定所で、信郎はたった独りだった。あと押しをしてくれる親類も、権家《けんか》も、剣や学問の師匠も、味方と呼べる者が誰もいない。唯一、信郎を普請役に引いてくれた前の山花代官は、大坂町奉行所《おおさかまちぶぎょうしょ》に移ってすぐに起きた疑獄事件に巻き込まれて御役目を解かれていた。後ろ盾はなにもなく、まともに考えれば、支配勘定になれると思うほうがどうかしていた。

なんで、もっと早く気づかなかったのだろう、と智恵は思った。なにか想わぬ事態が起きて、駄目《だめ》になったわけではないのだ。後ろ盾がないのは、最初から分かっていた。気づかないほうがおかしいと指さされれば、返す言葉もない。けれど、信郎は十八歳で山花へ来たときだって、なんの後ろ盾も持っていなかった。そして、あの頃の山花陣屋だって、身上《みあ》がるためには後ろ盾が欠かせなかった。手代は皆、縁戚で結びついていた。そのどうやってもゆるみそうにない縁つながりの結び目をこじ開けて、信郎は元締め手代にまで上り詰めた。ありえないことをやってのけた。だから、信郎なら、きっと江戸でだって、山花でそうしたように、するすると苦もなく身上がっていくのだと思いこんだ。人がとうていできないことを、軽々とやってのけるのが笹森信郎なのだ、と。

周りも皆そう見ていたし、名子と知らされた智恵はよけいにそう見えた。皆は、信郎が書き役から元締め手代へ駆け上がったと思っている。智恵だけが、書き役ではなく、名子から駆け上がったことを知っている。皆が思っているよりも、もっとありえないことをやったのを分かっている。だから、それから先だって、まっすぐに支配勘定に、そして勘定につながっているのだと信じた。けれど、その糸が切れてみれば、きっと自分は無理やり、そう見ようとしていたのだろうと思わざるをえない。

信郎が嫁にほしいと申し出てくれたとき、自分は、成宮の家と縁つながりになりたいのだろうと勘ぐった。土地で随一の豪農である理兵衛の力をつかって、なにかをやろうとしているのだろう、と。多くの人を巻き込んでなにかを為《な》そうとすれば、縁つながりは欠かせない。そして、そのいっとう大きな手がかりが嫁取りだ。自分はそれが分かっている。だから、信郎が山花ではなく、江戸で身上がろうとするならば、嫁に迎えるべきは自分ではないことも分かっていた。信郎はなんとしても、勘定所で力を持つ者の娘を得なければならなかった。それを承知していて申し出を受けるためには、信郎ならば縁つながりに頼らずとも、楽々と身上がることができると信じこまなければならなかったのだ。

どうしよう、と智恵は思った。

いったん自分の気持ちの底を覗《のぞ》いてしまえば、もう、あと戻りはできない。頰かぶりはできない。

それに、するすると身上がることができなかった信郎はとたんに脆《もろ》く見えた。涼しげでいながら、山葡萄《やまぶどう》の蔓《つる》のように強靱《きょうじん》にも思われ、安心して頼ってきたけれど、頬かぶりをとってみれば、蔓は消えている。

だから、このあと、どうすればいいかは分かり切っているのに、そうすることができなかった。

これまでだって、するすると身上がってきたわけではなかったのだ。デ、コ、ボ、コ、が見えてしまうのは、見なければ日々を凌《しの》いでいけなかったゆえだし、ことさらに丁寧に話すのだって、ただ逃げているわけじゃあない。懸命に闘ってきたし、闘っているのだろう。あのひとの見た目の穏やかさは、闘っている証しなのだろう。信郎とて、折れもするし、壊《こわ》れもするのだと思い知ると、まるで噴泉《ふんせん》みたいに、愛《いと》しさがいっそう込み上げてきて、このまま放ってはおけないという言い訳を並べながら、想いを切るのをあとひと月、あと半月と引き延ばした。

そうして、言うに言われぬときを送ってみると、両大師はちゃんとご利益をくれていたのだとも思った。もともと子のできぬ躰なのだから心配はなかったのだろうが、それでも、まかりまちがって孕まぬように見張ってくれていたのかもしれない。子がいなくとも、この未練だ。この体《てい》たらくだ。いたら、もっとじたばたするのは目に見えている。自分はちっともあきらめ上手なんかじゃあない。子があれば、きっと、またきつく頬かぶりをして、居座《いすわ》ろうとするだろう。そうして、信郎と赤子に優しい顔を向け、優しい声をかけながら、信郎が宿願の励み場へ上がるのを邪魔立てするのだ。だから、できぬよう、見張っていてくれた……。

それまでの智恵は、自分から肌を合わせにいきもした。はしたないと思われても、子を授かるのが先だった。でも、気づいてからは控えたし、求められても、体調のせいにして背中を向けるようにした。信郎は持ち前の穏やかさで、すっと受け入れ、躰を案じてもくれて、ほんとうに困ったおひとだだと智恵は思った。これだから、出ていくことができなくなる。ずるずると引き延ばしてしまう。そして、ときには、断わり切れなくなる。どうせ、子のできぬ躰なのだ。肌を合わせないのは、お呪《まじな》いでしかない。お呪いなら、たまには忘れたって、なんにも変わらないだろう……。ほんとうに自分は言い訳ばっかり並べ立てて、と思いつつ、信郎の背中に指を這《は》わせた。

でも、変わった、のだ。

お呪い、ではなかった。

両大師に御礼参りに行かなかったせいかもしれない。

この三月《みつき》、経水《けいすい》がない。

智恵はほとんど狂ったことがない。

引き延ばしたからだ、と智恵は思った。

だらしなく半月延ばしにして、九月《ここのつき》も過ぎてしまったから、こんなことになった。なんで、半年を越えて引き延ばしてしまったのかは分かっている。

信郎が御召し出しになるのを、密《ひそ》かに待っていたのだ。

この期《ご》に及んでも、出仕《しゅつし》の声がかかるのがちょっと遅れただけだと思いたがった。このままでいいのだ、いっしょにいてもかまわないのだと思いたがった。

きっと、罰だ。未練の罰だ。

責めは負わなければならない。

智恵は、まだ所帯を持つ前に、信郎が、名子だと明かしたときのことを思い出す。

信郎が明かしても、智恵は明かさなかった。自分も名子だと、あなたと同じだと、信郎に打ち明けないと決めた。

言わぬことによって生まれる気持ちのゆとりが、いずれは信郎の役に立つような気がして、言わぬと決めたのだ。

その取っておいた隙間の分で、ほんとうに信郎が困ったときに、なにかをしてあげられるのではないか、と思った。

たぶん、いまが、そのときだ。

きっと、信郎は困っている。
ほんとうに困っている。
ほんとうに困っている。
やはり、縁つながりが大事なのだと、思い知らされている。
だから、産科医には行かない。
取り上げ婆《ばば》にも行かない。
子を生かす処へ行けば、自分があきらめられなくなるのは分かっている。
子を生かす処ではない処へ、行かなければならない。
そして、こんどこそ、この下谷稲荷裏と縁を切らなければならない。
ただの女なら、できないかも知れない。
産まずにいられないかもしれない。
でも、自分は名子だ。
それが、名子の女が、名子の男にしてあげられることだ。

前日に、姉の多喜を柳原通りの定宿《じょうやど》へ送った智恵は、山下や広小路の界隈を行きつ戻りつしている。

日は、宝暦八年の六月十八日、両大師の縁日だ。時はまだ夜も明けぬ暁《あかつき》七つで、御山はまだ深い藍に染まっているが、屏風坂上には夜明けを待ち切れぬ参詣客が早くも繰り出している。けれど、智恵は一向に屏風坂に向かおうとしない。仏店《ほとけだな》や肴店《さかなだな》、五條天神裏《ごじょうてんじんうら》なんぞの路地に足を踏み入れては、とって返している。

いつもなら、そこも眠りこけている頃だが、なにしろ十八日だ。両大師の参詣客を当てこんだ娼家《しょうか》が煌々《こうこう》と提灯《ちょうちん》を点《とも》し、下谷ならではの娼妓《しょうぎ》であるケコロが張り見世《みせ》をして、黄色い声を張り上げている。智恵は、そういう路地に分け入っては、中ほどまでも行き着かぬうちに戻って別の路地に回る、を繰り返している。

「ねえ、そこのご新造さん！」

他の路地を巡って再び仏店に舞い戻った智恵に、やり手婆《てばば》が声をかけた。

「どういうつもりなんだい！　あんた」

きつく咎《とが》める声の色に、智恵の足が停《と》まる。

「さっきから、うろちょろされて、こっちは迷惑なんだよ。あんたみたいに、いかにも素《す》っ堅《かた》気《ぎ》でございって、ご面相《めんそう》してる女に、ちょこまかされたら、女房に見張られてるみたいで、客が寄りつかなくなるじゃないか」

齢の頃は四十も半ばを過ぎているのだろうが、まだ、あだっぽさを残していて、若くて素人臭いケコロを売りにする下谷でなければ客だってとれそうだ。

「それとも、なにかい。ここいらで、ひと働きしたいけど、踏ん切りがつかないとでもいうのかい」

智恵はどう返してよいやら分からない。言葉に出したくない理由で、ここでこうしている。

「いいよお、そんなら値踏みしてあげるよお。ちっと、こっちへおいでな」

言うが早いか、女は智恵の手首をつかんで踵《きびす》を返した。娼家と娼家のあいだに路地とも言えぬ細い抜け路があって、女はそこに躰を滑りこませる。提灯の灯りがわずかに忍び寄るだけで、通りからは目を凝らさなければ二人の姿を認めることはできない。

「あんた、あれだろ」

夜明け前の藍に紛《まぎ》れると、女は急に笑みを見せて言った。

「様子がおかしいから、さっきから目をやってたんだけどさ。あんた、子持ち縞《じま》をさがしてんだろ」

あからさまなつくり笑いでも、とりあえず、いきなり危害を加えられることはなさそうで、ほっとしてしまう。この期《ご》に及んでも、知らずにお腹をかばおうとする。

「子持ち縞……」

それにしても、なんで、女の口から子持ち縞が出てくるのか分からない。子持ち縞は、反物の柄の名だ。太い縞と細い縞を組み合わせて模様をつくるので、親子の縞に見立てて子持ち縞と呼ぶ。もとより、こんな場処で反物なんてさがすはずもない。女はなにを、言おうとしているのだろう。

「だからさ、子持ち縞に錠、の暖簾《のれん》をさがしてんだろう」

子持ち縞に、「じょう」……。「じょう」というのは、なんなのか。縞と組み合わせるのだから、「条」だろうか。

「ここまで来といて、なにをしらばっくれてんだい！」

焦れた女の顔から、笑みが消える。

「子を持つのを、止めるんだよ。錠をかけて、出てこれないようにするんだ。だから、子持ち縞に錠なのさ」

凄《すご》みを利かせてそう言うと、いきなり智恵の帯の下に掌を当てた。一瞬、息を呑んで、あとずさりしようとしたが、猫のためにあるような抜け路だ。退こうと思っただけで、帯がつっかえる。

「こんなか、のさ……」

女は顔を寄せて、つづけた。

「こんなかのもんを、なんとかしてくれる処をさがしてんだろ。こっちは孕み女をわんさと見てるんだ。すぐに分かるさね」

図星、だった。さがしていた。そうと覚悟はしたものの、どこでどうしてよいのか分からない。あれこれと惑ったあげく、きっと遊び場ならば、そういう処もあるのではないかと思いついた。とはいえ、女が岡場処を歩けば目につくだろう。で、開けてはいるけれど客はすくなそうな両大師の縁日の未明を選んだのだが、まさか、これほどに通りが提灯で照らされていると は想わなかったし、夜も明けぬうちから女を見繕《みつくろ》う客がいるとも想わなかった。あらためて出直そうか、でも、出直したところで、当てがないことに変わりはない、きっと同じようにうろうろするだけだろう、などと堂々巡りをしつつ、とりあえず立ち止まらないでいるうちに、女から声をかけられたのである。

「だいじょぶだよ」

女はまた笑顔をつくる。気持ちわるくなるほど、似合わない。でも、この奇妙な顔に、自分はすがってしまうのかもしれない。

「五月《いつつき》までは古血《ふるち》の塊《かたまり》みたいなもんでさ。まだ、子じゃあないよ。神様だって子にしようかどうしようか迷ってる。で、神様にまた今度って、子になっていないうちにお返しするのさ。そ、返すだけ。すぐにまた、産めるようになったときに、子になって戻ってくる」

女のどうしようもないでたらめが、耳に心地よい。前にも、どこかで聞いたことがある。五月より前はまだ人の形をしていないって。五月過ぎたら、ようやく小《こ》赤子《あかご》と言って人の子になるんだって。そのときは、嘘に決まっていると思ったけれど、いまはほんとうに聞こえなくもない。

「苦にするこっちゃないよ。そんなにビクビクしなくたっていい。みんな、やってることさ。相談に乗るよ。あんた、ついてるよ。この界隈《かいわい》の女が孕んだときは、みんな、あたしがそのあとのことを差配してんだ。あんた、下谷でいっとういい頼み相手に会えたんだよ。よかったよねえ、変なのと出くわしたら、取り返しつかないことになっちまう。これも、両大師のお導きさ」

「あの、それなら……」

両大師という言葉を聞いて、智恵は一歩踏みこんだ。

「そちらから、くすりをゆずっていただけるのでしょうか」

「くすり？」

気持ちわるい笑顔が消えると、女の顔はもっと気持ちわるくなった。

「くすりって、あんた、どんなくすりのことを言ってんの」

「飲むくすりがあると聞いたのですが……」

「はっ！」

　まさに吐き捨てるように、女は声を発した。

「中條流《ちゅうじょうりゅう》のことかい」

「はい」

「あんなの、ぜんぜん駄目だよ。めっぽう値が高いばっかで、からっきし効かない。この辺のコはだあれも使わないよ。あんなの飲むんだったら、お歯黒《はぐろ》、飲んどいたほうがまだましさ。よっぽど効くし、だいいち値段が安い。駄目で、もともとさ。でも、ここのコたちは商売だからね、駄目でもともと、は通用しない。まちがいなく神様にお返ししなきゃなんない。で、みんな、さしぐすりを使うんだ。あんたも、どういう事情か知らないけど、駄目でもともとじゃあ困るってんなら、さしぐすり使ったほうがいいよ」

　さしぐすりというのは、差し薬、ということか。そういえば、飲み薬の他に、座薬もあると耳に挟んだ。

「差し薬というのは、つまり、座薬のことですか」

　これまで座薬は試したことがない。でも、使って使えないことはないだろう。

「ちがうよ、座薬なんかじゃない。さしぐすりというのは言葉の綾さ。薬じゃあないんだ。さしぐすりのさしは、刺す、さしさ。道具は、桑の枝だったり、ほおずきや山牛蒡《やまごぼう》の根だったり、さしぐすりやるおひとによってまちまちだけど、あそこから入れてね、古血の塊に突き刺すんだよ。言っとくけど、危なかないよ。そりゃあ、安いカネで請け負う子刺し婆なんかだと、相当おっかないのもいるけどさ。あたしが差配してるのは、みいんな、ちゃんとしたさしぐすりの遣《つか》い手だ。あんた、龍泉寺町《りゅうせんじちょう》、知ってるかい」

「りゅうせん、じちょう……」

もう一度、音にはせずに繰り返して見るが、聞いた覚えはない。

「吉原《よしわら》のすぐ西。田んぼんなかにぽっかり浮かんでる島みたいな町さ。そう言やあ、どういう町か、見当つくだろう」

「さあ……」

いきなり、そう言われたって無理だ。吉原だって話に聞くだけで、この目で見たことはない。そんなことより、「古血の塊に突き刺す」という女の言葉が頭のなかで鳴り響いている。飲み薬を服するのと、桑の枝を刺すのでは、やろうとしていることはおんなじかもしれないけれど、やっぱりちがう。ぜんぜんちがう。

「吉原の主役と言やあ、そりゃお女郎だけどさ。お女郎を主役にするために、いろんな男衆と女衆がいっぱい働いている。あんた、知ってるかい。男衆のなかに『油差し』って役回りがあって、名前のとおり、寝静まってからも座敷の行灯《あんどん》の油を差して回るんだけどね、あれは油を注《つ》ぎ足すのを口実にして、女郎と客が心中しないように見張ってんだよ。そのくらい、いろんなお勤めがあるってことさ。でも、吉原はお女郎だけの町だから、そういう廓者《くるわもん》は吉原には住めない。じゃ、どこに住んでるかって言うと龍泉寺町さ。吉原を支える者はみんな、龍泉寺町に集まって暮らしている。龍泉寺町は廓者の町、吉原の裏の町なのさ。で、分かるかい、あたしがなにを言いたいか」

女はいかにも訳ありげに智恵を見やった。

「さしぐすりの遣い手も、吉原を支える廓者のなかに入るってことだよ。天下の吉原が認めたさしぐすりの遣い手が、龍泉寺町にはいるってことさ。あたしが差配するのは、そういうおひとたちだ。そこいらの子刺し婆なんかとはぜんぜんちがう。だから、大船に乗った気で、任せてくれりゃあいいんだよ。その分、ちっと値は張るけどね。でも、百発百中の上に、躰も傷《いた》めないんだから、そんだけのことはあるってもんさ。で、いちおう聞いとくんだけど、あんた、今日は中條流の薬代のつもりでいくら持ってきたんだい。五両？　十両？」

そんなにかかる、とは思っていなかった。智恵はおそるおそる、口に出す。

「二分、ほど」

二分は一両の半分だ。それでも、智恵には大金である。

「二分！　はっ」

女は大げさに驚いた風で、宙《そら》を仰いだ。

「そりゃ、あんた、いくらなんでも子堕《お》ろしをみくびっちゃあいないかい」

女は、ことさらに突き放す。

「いくら古血の塊ったたって、あとふた月もすりゃあ、立派な小赤子になるんだ。それに錠をかけようってんだよ。二分っぽっちで命の始末つけようなんて、間尺《ましやく》に合わないだろう。お腹の子にだって、申し訳立たないと思わないかい」

それまでは角の丸い言葉を使っていたのに、女は赤裸《せきら》にまくし立てた。

「でも、ま、いいさ」

ぐさぐさと躰に突き刺さった女の言葉を抜けずにいる智恵に、女はふっと顔を柔らかくして言った。

「龍泉寺町でもいちばんっておひとに、ちょっとした貸しがあってさ。あたしが口を利きゃあ、ま、たいがいのことは聞いてくれる。だから、いいよ、それで。いま、あたしにそれを渡しゃあ、話つけてあげるよ」

それ、って……

「二分でもいいってことですか」

疑えばいろいろおかしなこともあるけれど、この機会を逃したら、自分には手立てがないと智恵は思う。信郎が帰ってくるまでには、まだ四日ある。だからといって、もう、引き延ばすことはできない。時を置けば、自分のことだ、きっと気持ちが揺らぐ。今日しかないのだ。今日を逃せば、気持ちだってくじけてしまう。未練がまた、言い訳をいっぱい積み上げる。そして、きっと居座る。

「ああ、いいよ。いまなら、それで、なんとかする」

ふっと息が洩れて、これしかないのだと、智恵は自分に言い聞かせる。

「いいかい、龍泉寺町に行くとさ、正燈寺《しょうとうじ》っていう寺がある」

女は真顔に見える顔でつづけた。

「秋の紅葉でけっこう知られているから、行きゃあすぐに分かるさ。その正燈寺の門前で……早いほうがいいね……明日の六つ半に待ち合わせよう。さしぐすりはそっからすぐだから、それこそ朝飯前には小ざっぱりしてるさ」

「明日、ですか！」

思わず、智恵は問うた。

「今日、お願いできないでしょうか」

どこへ行く当てもないけれど、明日には下谷を発つつもりで旅支度だけは整えてある。とりあえず小田原あたりまで江戸から離れて、仲居の職かなにかをさがすつもりだ。でも、今日、できないとなると、明日一日でなにもかもをこなさなければならなくなる。さしぐすりを使ったあとの自分の躰がどうなっているか、見当もつかないけれど、その足で旅立って、小田原までたどり着けるだろうか……。やはり、今日、頼みを聞いてもらって、明日、下谷を離れる用意だけは整えておきたい。

「今日は無理だよ」

けれど、女はにべもない。

「こっちだって、お勤め投げ出して、すぐに龍泉寺町へ出張るわけにはゆかない。それに、行ってからが掛け合いだし、向こうにも用意ってものがある。どうやったって今日は無理で、明日だって御《おん》の字ってもんさ。感謝されこそすれ、文句つけられる筋合いはないねえ。で、どうすんの？　やるのやらないの？　なんなら、よしとくかい。こっちはどっちだっていいんだ。小判もらって当り前の頼みごとを、たったの二分で引き受けようとしているわけだし」

智恵には他の手立てなどない。

「いえ、お願いします」

「そんなら、はい」

女は智恵の目の前に掌を差し出す。智恵は財布を取り出し、頭を下げて、女の青い掌に二分を置いた。

「じゃ、正燈寺門前、六つ半だよ」

女はするりと、背中を向ける。


翌朝、智恵は教えられたとおり、浅草田圃《あさくさたんぼ》の遊水を抜く新堀川《しんぼりがわ》を菊屋橋《きくやばし》で渡って、本願寺《ほんがんじ》の門跡前《もんぜきまえ》へ出た。

寺の門前に岡場処が集まるのはお約束だけれど、門跡前の密集ぶりはとりわけすさまじい。ここを歩くのは、信郎と二人、浅草観音《あさくさかんのん》に詣でるときで、智恵はすこし早足になって通りすぎるのが常だった。そのまま、まっすぐに歩いて日光道《にっこうどう》に突き当たり、左に折れれば雷門《かみなりもん》だ。

けれど、今朝は、そこまで行かずに、本願寺門前の東の角を左へ曲がって、塀沿いに歩を進める。岡場処は本願寺をぐるりと取り巻いているので、いつものように門跡前でお別れというわけにはゆかず、ずっとついてくる。ようやく解き放たれると、右手は浅草観音の境内になった。ほどなく、本堂の西奥の奥山《おくやま》が目に入る。すると、勝手に涙が湧いた。

信郎と観音様にお参りしたときは、決まって奥山にも寄っていた。というよりも、どちらかといえば奥山で繰り広げられる大道芸が目当てで、独楽《こま》の曲芸や手妻《てづま》に二人して見入ったものだった。初めて歩く路から見る奥山は、ふだんとはちょっと景色がちがって、どこかよそよそしい。それでも、あと二刻《ふたとき》もしたら、またいつものようにあちこちで大道芸が演じられて、大いに賑わうのだろう。ふと、その賑わいのなかに、自分たちがいたっておかしくはないのにと思ったら、自然と涙が浮いていた。

それが呼び水のようになって、知らずに気持ちの底に溜《た》めていたあれやらこれやらを汲《く》み上げる。あのまま山花で暮らしていいたら、とか、御陣屋の元締め手代でも十分だったのに、とか、次から次に出てくる。どうやら、涙は悔《くや》し涙のようで、智恵は、これが自分の本音《ほんね》なのだろうかと、いぶかった。でも、蓋《ふた》をしようとは思わなかった。心底《しんてい》にあるものならば、いまのうちに見といたほうがいい。

あのまま山花で暮らしていいたら、には、自分だって妻として信郎の役に立てたのに、という文句がつづいた。もらい猫の名子とはいえ、成宮理兵衛の娘ではある。自分が妻として脇を固めていれば、信郎は元締め手代としての評判をさらに高めることができただろう。武家になんかならなくたって、御陣屋の元締め手代でも十分だったのに。そうすれば、自分だってちゃんと居場処を得て、鼻高々で、こんな風に追われるみたいに下谷を出ていかなくてもよかった。信郎がどうあっても武家になりたいなんて言うから、こんなに切羽詰まってしまった……。

本音らしきものは、とめどなく湧《わ》き上がってくる。切りがないから、たいがいにしようかと思った頭に、すぐにまた、なんで武家になんかならなければいけないんだろう、という想いが浮かんだ。自分は名子の娘なのに、名子として育たなかった。名子の暮らしがどんなものなのか、ほんとのとこは分かっちゃいない。だから、名子の女とも思えぬ繰り言がいくらでも出てくる。

名子の出というのは、それほど重いものなのか。そんなにいつまでも引きずりつづけなきゃならないものか。武家に戻らなくたって、名子だった己と折り合う術《すべ》はあるのではないか。気持ちの持ち方ひとつで、世の中なんていくらだってちがって見えると切り替えるのは、どうあっても無理か。その想いが、いま、自分を龍泉寺町へ向かわせ、江戸から追い払おうとしているのを知っているのか……。

一方で、けれど、智恵は思っている。

きっと、みんな本音ではあるのだろう。自分はたしかに悔しくて、嘆《なげ》いて、恨《うら》んでいるのだろう。そういう本音が、気持ちの底に収めていられないくらい膨れ上がっているから、こうして切れ目なく湧いてくるのだろう。

でも、ちがうのだ。いくら本音が湧き上がり、いくら堆《うずたか》く積み上がっても、その本音の山は、自分の掛け値なしの気持ちを表わしてなんかいない。それは本音なのだろうけど、本心とはちがう。

本心は、そんなに簡単な細工《さいく》じゃあない。いろんなかけらから、できている。無数のかけら、が入り交じって、組み上がっている。本音はそういう無数のかけらの、ひとつでしかない。御陣屋の元締め手代でも十分だったのに、と、嘆きつつも、自分は信郎の励み場が武家であることを分かっている。

いまの信郎が己の持てる力のすべてを注ぎこむのに足りる場処は武家しかないことを分かっている。

そういう信郎の気持ちを、はためかせてあげたいと思っている。

それは本音ではないけれど、本心だ。だから、こうして、涙が伝っているのに、足は止まらない。

一歩、一歩、自分の躰は、自分のお腹は、龍泉寺町に近づいている。本音は分かりやすい。他人《ひと》にも、そして自分にも説きやすい。だから、本心のようだけれど、けっして本心にはなれない。本心はそんなに分かりやすくない。なんで足が止まらないのか、なんで動きつづけているのか、自分にだって分からない。でも、自分は誰かに背中を押されて、こうしているわけじゃあない。これは自分で望んだことだ。これは自分の、本心だ。

奥山が切れると、急に田圃が広がった。すぐ右手に、離れ小島のように浮いているのは吉原らしい。おかしいな、と智恵は思う。こんなに近いんなら、奥山に遊んでいるときにだって見えたはずだ。いや、きっと目に入ってはいたのだろう。でも、自分の目は見世物と、そして信郎だけに注がれていたから、見ようとしなかった。見ようとしないものは見えないんだと思いながら顔を戻すと、上って間もない陽《ひ》は智恵の背中の側から射《さ》していて、行く手はまだ濁っていない横殴りの光をまともに受けている。すべてがくっきりとして、見ようとしないものまで見えそうだ。

その嘘のように明瞭な絵のなかに、ちっちゃく町が見え出した。仏店の女は、他に町はないと言っていたから、あれが龍泉寺町なのだろう。大きなお寺に寄り添っているが、あのお寺が待ち合わせる正燈寺だろうか。田植えを終えたばかりの田圃の海に浮かぶ、ささやかな町に目をやっていると、離れ小島とまでもいかず、どこかから流れ着いた浮島《うきしま》が、寺にしがみついているように見える。

近づくと、見えていたお寺は西徳寺《さいとくじ》で、正燈寺は隣の隣だった。大事をとって七つ半過ぎに下谷稲荷裏を出たけれど、想ったよりもずいぶんと近くて、約束の六つ半より半刻近くも早く、正燈寺の門前に着く。でも、智恵は扁額《へんがく》の正燈寺の文字を目でなぞり、仏店の女がまだ来ていないことをたしかめると、足を休めることなくそのまま歩き出した。

昨夜、眠るのは無理だった。自分のお腹のなかにいるものを、「古血の塊」と信じこむのは無理だった。端《はな》から眠ろうとはせず、暗い座敷で自分の犯そうとしている罪を嘗《な》めつづけて朝を迎え、固まらぬ覚悟をなんとか固めて家作を出た。そのなけなしの覚悟が、門前で足を停めて仏店の女を待っていると、揺らいできそうな気がして、すぐにまた歩き始めたのだった。

とはいっても、目指す当てがあるはずもなく、結局、浅草田圃を巡ることにした。なにしろ、田圃の海だから遮《さえぎ》るものがない。どこからでも正燈寺や西徳寺の甍《いらか》が見渡せるので、どこをどう歩いても迷わずに戻ることができる。それに、田の合間の野に分け入ってみると、探しものがあることも思い出した。眠らぬ昨夜、やはり、用意しておかなければと覚悟したものが、そこならば、ありそうだった。

とたんに足に勢いが出て、こんなことで元気になるのもおかしいと思ったけれど、勢いは失《う》せない。ほどなく、目当てのものを見つけたが、もっとよいものがありそうな気がして、歩きつづける。ようやく、これならばという探しものと出会って、あたりに落ちていたけっこうな長さの枯れ木の枝を手に取り、目印《めじるし》代わりに地面に突き刺した。ひょっとすると、いや、おそらく、あとになって役に立つはずだ。

ほっとして、ひと息つくと、刻《とき》の経ち具合を忘れている。

すぐ近くの浅草観音の鐘を、聞き逃したかもしれぬと怖れるほどに気が入ってしまっていて、慌てて正燈寺を目指した。

約束の六つ半の鐘が鳴るのを聞いたのは、門前に立って額の汗を拭いたときで、思わず胸を撫で下ろす。けれど、息が整い、汗がすっかり引いても、仏店の女は姿を見せない。もとより、鐘のとおりに現れるとは思っておらず、待つあいだ、足を止めている代わりに、なにかで頭を埋めようとする。

と、特段、思案することもなく、先おとといの夜には隣の布団にいた、姉の多喜の艶っぽい姿形が浮かんだ。

ずっと近くにいた者には、うっとうしいとしか捉えられなかった艶っぽさが、今日に限っては嫌ではなく、むしろ、明るさや華やかさと感じられて、傍らにいてくれればとさえ思う。気弱になっているだけなのだろうが、初めて多喜が肉親のように思われ、釣られて、三日前、五條天神の岡村でいっしょに午《ひる》をとったとき、多喜が言った言葉を思い出した。

「こんどもさ、なんでだろう……いままで、そんなことひとことも言ったことないのに、見に行ってこいって言ったわけ」

多喜は、義父の理兵衛のことを語っていた。「なにを?」と問うと、「なにをって、あ、ん、た、をよ」と答えた。「言うなって、口止めされたけどね。そろそろ困っているはずだって」。

あるいは、理兵衛はずっと前から、自分がここでこうして立つ姿が見えていたのかもしれない。そう思うと、多喜だけでなく、ずっと遠い存在でしかなかった理兵衛にも身内が感じられて、智恵は自分の身勝手《みがって》を嗤《わら》おうとした。追い詰められ、いよいよ頼る者がいなくなった段になって、やっつけで家族扱いしようとしている……。

でも、智恵は啀えなかった。啀う余裕などなかった。すぐに、多喜がその前に言った言葉も思い出した。好物のはずの時雨卵《しぐれたまご》を躰がどうにも受けつけなくて、食後の瓜を口にしているとき、多喜は「北岡の家の庭に、薬になる樹や草がいっぱい植わってたでしょ」と言ったのだった。

思わず、唇の端《はし》をゆるめて、ただ一人、打ち解けることができた義母の喜代との思い出が詰まっている庭を想い浮かべた智恵に、多喜は「あれね。理兵衛さんが、自分で植えたらしいよ」とつづけた。

「むろん、サイカチとかのおっきな樹は前からあったんだろうけどね。たまたま庭師に聞いたら、他のあらかたは理兵衛さんが植えたんだって。ほらっ、母《かあ》さん、もともと躰が強くなかったでしょ。だから、理兵衛さんが漢方の本を読みまくって、いつでも摘《つ》めるようにしたみたいなの」

クチナシ、クコ、ウコギ、ゼニアオイ……みんな使用人に命じたのではなく、理兵衛が腰を屈《かが》めて、手を泥で汚して、ひとつひとつ苗を植えたのだと言った。見ようとしないものは見えない……半刻前、離れ小島のように見える吉原を認めて浮かんだばかりの文句を、智恵は思い出した。自分は他にもいろいろと、見ようとしていなかったのではなかろうか。多喜のことも、理兵衛のことも……。

そのまま北岡の庭に想いを巡らせて、ふっと我に返ると、ずいぶん時が経ったような気がした。ほどなく、朝五つの鐘の音が届く。町人ならば、朝餉をとる頃。昨日、仏店の女は「朝飯前には小ざっぱりしてるさ」と言ったが、当人は約束の刻限から半刻が過ぎてもまだ姿を現さない。

さすがに、参道に目をやる。そこに、往来と呼べるほどの人通りがないのは、いまが紅葉の季節ではないのと、なによりも龍泉寺町が「廓者の町」で、余所者《よそもの》が入ってこないせいなのだろう。山門へ向かってくる者がいれば、遠くでもすぐに見て取れるのに、女を認めることはできない。

なおも、小半刻ほど待って、智恵はふーと大きく息をついた。

おそらくは、もう、現れまい。

むろん、端から来るつもりなどなかったのだろう。

仏店に行ってもつかまらないだろうし、たとえつかまってもいまさら埒《らち》は明くまい。胸がわるくなるような抗弁を、いくらでも用意しているのは見えている。徒労《とろう》を重ねるうちに、信郎が戻るまでの三日間は過ぎてしまうだろう。

やっぱりな、と智恵は思う。

やっぱり、そうだった。そういうことだってあると気持ちの備えはしていたけれど、やはり、そうだった。

張り詰めていた気がほどかれて、肩は落ちたが、気落ちは薄い。

仏店で二分を渡す前から、女は現れないかもしれない、という気がしていた。

来るという気持ちもなくはなかったが、来ないと決めつけたわけではないという程度のことだった。

女はあまりに、胡乱《うろん》すぎた。

そして、そういう女の明からさまな騙《かた》りっぽさに、智恵は救われてもいたのだ。

他に手づるもないから頼むしかないけれど、当てにはできない。おそらく「廓者の町」と言う龍泉寺町に、女が貸しのある「天下の吉原が認めたさしぐすりの遣い手」なんていない。だから、二分を渡し終えても、まだ、決まったわけじゃあないと思うことができた。これで、神様にお返ししたわけじゃあない。

昨夜、智恵はそのかろうじて残された猶予と闘っていた。もしも、仏店の女が約定を反古《ほご》にしたら、どうするのか……。

自分はさしぐすりを決心した。やるべきことはやった。なのに、そうならなかったのは女のせいだと己を得心させて、このままの躰で信郎を迎えるのか。それとも、女が姿を見せようと見せまいと、あくまで本心を曲げぬのか……。寝巻きに着替えることもなく考えつづけ、そして、建てつけの隙間に朝を感じる頃、ふと、あれを探そうと思いついたのだった。

女が現れなかったときは、そうしよう。もう、他人には頼るまい。あれなら、自分で、できる。自分でやって、なんとしても、信郎を励み場に立たせるのだ。あのときから智恵はもう、女を当てにはしていなかった。

もう一度、参道をゆっくりと見渡してから、智恵は正燈寺の門前をあとにした。

足取りはしっかりしている。たしかな歩みで、再び、浅草田圃を目指す。先刻、見つけ出した、探しものの場処へ向かう。

通りかかる者はいないし、田植えが終わったばかりで、百姓の姿もない。ここならば、誰にも見られずにやりとげることができるだろう。そういう手立てがあるのは知っていたが、それをする場処の心当たりがなかった。仏店の女は案の定、騙りはしたが、すくなくとも、この場処を教えてはくれたのだ。

お腹のなかにいるのは、「古血の塊」じゃあない。もう小赤子になっていることを、躰が識《し》っている。好きな卵を受けつけなくなった躰が識っている。

すでに小赤子になった子は、お腹のなかで管《くだ》から乳を吸っているという。だから、大きく揺さぶられたりすると、その管が子の唇から外れて、命の糧《かて》が断たれ、仏様になる。子堕ろしのために、高い処から跳び下りるのは、躰を傷めるためじゃあない。お腹の子を激しく揺さぶって、ちいちゃな唇から乳の管を奪うためだ。自分も乳の管を、奪わなければならない。

二度目の浅草田圃を行く智恵は、もう、どこも見ない。脇目を振らずに、探し出した窪地《くぼち》に向かう。

浅草田圃は、ただの水田ではない。隅田川の増水で、山谷《さんや》堀《ぼり》の水が日本堤《にほんづつみ》を越えてしまったときの遊水池でもある。いつの遊水が運んだのか、窪地の底には砂が溜まっていた。深さだって、ちょうどよい。砂と深さがそろっているのは、その窪地しかなかった。

いま、死ぬわけにはゆかない。死んだら、信郎によけいな気持ちの負担をかける。かといって、すくなくとも身の丈を越す深さがなければ、お腹のなかの乳の管は外れまい。それに、幾度もやり直しはできない。気持ちが逃げてしまう。一度で決めなければならない。半端な深さでは駄目だ。その窪地はあらゆる点でうってつけだったけれど、とりわけ、底に砂がなければ命を盗られそうな深さがよかった。砂の厚さがどれほどかは分からぬが、そこまではたしかめようもない。

窪地の縁《へり》に着いたら、いったん立ち止まることなく、そのまま跳び下りようと思いつつ、智恵は歩を進める。足を止めたら、竦《すく》んでしまうかもしれない。逡巡《しゅんじゅん》する間を与えずに跳び下りるのだ。ほどなく、目印に刺しておいた枝が目に入る。さあ、と歩幅を広げようとしたとき、声がした。

「智恵！」
声は自分の内から届いたような気がした。
理由《わけ》もなにもなく、母だ、と思った。
足が止まった。
模糊《もこ》とした記憶のなかにしかいない母が声をかけてきた。
すぐに、そんなことがあるはずがないと思い直す。
母の声なんて知らないじゃないか。自分は母を覚えていない子じゃあないか。
この期に及んで、まだ未練だ。
まだ足掻《あが》いている。
未練が、知らない母の声までつくってしまった。
なにをやってんだ、と叱咤《しった》して、再び、足を踏み出そうとする。
「ちーえ！」
こんどははっきりと、背後から聞こえた。
また、女の声だ。
けれど、母、ではない。自分がつくったんじゃあない。
呼ばれているのだ。ちえ、と、呼ばれた。

ちえ……。

自分をちえと呼ぶ女は、一人しかいない。

智恵はゆっくりと振り返る。

多喜がつかつかと近寄ってくる。

なんで多喜がここに、と、いぶかったが、すぐに疑念は消える。ああ、来てくれたと思う。

多喜はなぜか笑顔だ。

泣き笑いのようにも見える。

目の前まで来ると、唇よりも先に腕が動いて、智恵の華奢《きゃしゃ》な手首をしっかりとつかんだ。そして、泣き笑いの顔のまま言った。

「やだね、女は」

瞬間、ほどけた。

窪地の縁に立つ女を編んでいた、いろんな糸がいっぺんにほどけて、智恵は、時折、自分をちえと呼ぶ女の胸に顔をうずめた。

えんえん、と、小娘のように泣きじゃくりながら、もう、できない、もう、できない、と、声にならぬ声で繰り返した。

〔四〕

要するに、久松加平は……

加平とのやりとりのあと、寝所に当てられた座敷に入った信郎は、明日からに備えて頭を整える。

……たとえ〝耕作専一《こうさくせんいつ》〟でも、すべての村人にお救いを施し、沼の干拓事業を通じて日当を支払うだけの蓄えはできると言い切ったわけだ。

ついては、わずか二日と半日の滞在で、自分がなすべきことはひとつしかない。

できる、できないを見極めることである。できると見極めれば献策をし、できなければあきらめる。

どのようにして、という手立ての詳細は、二日半では得られるはずもない。唯一の手がかりは塩硝《えんしょう》だが、これを取り上げれば、模範とすべき村が消えてしまいかねない。いかに肥料にのみ使っていると強調しても、公許を得ぬままの塩硝づくりは御法度《ごはっと》だ。例外を期待するほうに無理がある。そんな博打《ばくち》は打てないし、それに、とりあえず、いまの時点では必要もあるまい。〝耕作専一〟でも豊かな村はできると、たしかな手立てを添えて立証したいところだが、できる余地があることを指し示すだけでも、〝耕作専一〟を放棄するわけにはゆかぬ御公儀にとっては意味があろう。後日、しかるべき調査を入れるか否か、検討はされるはずだ。晴れて実施に移されて、その調査のなかで、肥料としての塩硝づくりが出てくれば、そのときは柔軟な扱いを期待してよいだろう。

とはいえ、見極めるだけでも、けっして簡単ではない。加平は米作のみで蓄えを得るための柱を、品種と肥料の両方であるとした。その技を、久松家農書によって武器と位置づけられるほどに研ぎ上げることで、図抜けた収穫につなげるのだ、と。

それは久松家と村の武器であるから、加平は手の内を明かさない。代わりに、村のどこをどう視《み》てもらっても構わないと言ったのは、久松家代々で築き上げてきた技に対する自信の表われなのだろう。外の者がちょろっと探ろうとしたくらいで、見抜かれるはずもないことを分かり抜いているのだ。

技とは、そういうものだ。たとえ、特別な肥料の中身が判明したとしても、そのとっておきの肥料は、ある品種に用いたときのみ、とっておきなのかもしれない。あるいは、与えるべき時期に与えてこそ、とっておきなのかもしれない。肥料のこさえ方が分かったからといって、施肥の技が分かったわけではないのだ。

そのように、もともとむずかしい上に、いまは時期がわるい。

なにしろ、田植えが終わったばかりだ。肥料の奥義《おうぎ》を蓄えた土壌は、張った水の下にある。品種とて、苗代から田に移されたばかりの幼い稲では識別がしにくい。むろん、二百十日を待たずに、作柄を予測できるはずもない。

となれば、いま視るべきは、手立てよりもむしろ、実績であろう。

〝耕作専一〟の村が、名主である久松加平の導きによって、宝暦の飢饉《ききん》から見事に立ち直っている事実こそを見届けるべきだろう。

この目で、村に飢饉の爪跡が残っていないことを、そして、沼が田に替わっていることをたしかめるのだ。その上で、加平が村の外で商いなどに手を染めていないことを確認できれば、次の調査に踏み出すための手がかりとしては足りるだろう。

夜具に躰《からだ》を入れながら、明日は忙しくなるぞ、と信郎は思う。

仮に、通り相場の反収一石とすると、上本条村の村高である二百八十石を生み出す田は二百八十反で、つまり三十町歩近い。一人ですべての田をじっくりと吟味しようとすれば、陽《ひ》の出から入りまでぶっ通しで動き回っても四日近くかかる。二日半のうち一日は村役人や小前の聴き取りに当てたいので、それを一日で済ませなければならない。

はて、どのように段取るか、と思案するうちに、ここに至るまでの流作場を探りながらの旅がこたえたのか、うとうととしかけた。もう、慣れているはずなのだが、やはり、大名領の河原に幕府御領地を見つけようとすれば、知らずに気が張る。一日では多くのことは望めない。やるべきことを絞り込まねば、と自戒したところで眠りに落ちた。

目覚めたのは、夜明け前である。不思議なもので、眠っていたあいだも、頭のどこかは眠らずに策を練っていたのだろう、瞼《まぶた》を開いたときには、その日にやるべきことが、くっきりとしていた。手余り地の有無に絞って、村を視るのである。

飢饉のあとで最も怖れなければならないのは、手余り地が出ることだ。喰《く》えなくなった百姓が己の田畑《でんばた》を捨て、喰い物を求めて他領へ逃れる。見捨てられた田畑が、手余り地である。耕す者がいなくなったのだから、手余り地に年貢を課すことはできなそうだが、実はできる。年貢が村請制《むらうけせい》だからだ。

年貢は百姓一軒一軒で請けるのではなく、村全体で請ける。そこに、耕す百姓がいようといまいと、田畑がある以上、村としての年貢の高は変わらない。つまり、残った百姓が消えた百姓の分まで、負担しなければならない。二十軒の村で十軒が消えたら、一軒の負担は二軒分になるということだ。結果、残った百姓もまた負担に耐えかねて村を捨て、さらに手余り地が増える。行き着く先は、村の瓦解である。だから、手余り地がどれほどあるかを調べれば、村の傷み具合が計れる。

その手余り地をどう見つけるかもくっきりとしていた。まともに歩き回るのは無理である。村の田の半分を吟味して、残り半分は同様と見なすにしても、二日かかる。で、信郎は空が白み始めたのをたしかめてから久松の屋敷を出て、村を縁取って見える小山に向かった。昨日の夕、薄藍に染まった田の向こうに、黒々とした小山の連なりを見て取っていた。あの小山に登って視界が開けている場処に立てば、多くの田を一度に見晴るかすことができるだろう。いくつかの小山を上手に選んで組み合わせることで、手余り地の有無を一日で調べることができるはずである。

最初に目を付けた小山の裾に立ってみると、いい具合に小山が散っている。さながら、多くの島が浮かぶ内海のようである。そもそも、その佇《たたず》まいじたいが、いかにも〝耕作専一〟の村らしい。ひたすら耕地の拡大を目指す村は、小山を削って田にする。村は田を得るが、代わりに、炭にする木を失い、屋根にする茅《かや》を失い、そして肥料を失う。天然の肥料の第一は刈敷《かりしき》である。山野の草木を刈り、その茎や葉を田に敷き込む。刈敷の手当てが絶たれれば、遅かれ早かれ、百姓は干鰯《ほしか》なり下肥《しもごえ》なりの金肥に手を出さざるをえない。

森を削り尽くしてしまった江戸近郊の田なら、一反で肥桶《こえおけ》二十荷《か》の下肥を使う。つまり、一町歩なら、二百荷である。肥船《こえぶね》一艘《そう》で五十荷を運ぶから、四艘分だ。その肥船一艘の値がいくらかと言えば、田植えの季節ともなると相場が一両二分を超える。およそ三十町歩の上本条村なら百二十艘分が必要で、田植えのたびに二百両近くが入り用になるということだ。これでは、〝耕作専一〟など成り立ちようがない。だから〝耕作専一〟の村には必ず、田と対《つい》のように小山があり、森がある。そこから、貨幣ではなく天然と人力によって得られる肥料……苗肥《なえごえ》が、草肥《くさごえ》が、灰肥《はいごえ》が、泥肥《どろごえ》がもたらされる。小山と森なくして、田はない。

おのずと、小山は人に馴《な》らされている。植生も、人に添って、ある。人の役に立ち、田畑の用に応える草木が根を張る。あるいは、その植生にも、『久松家農書』の企みが貫かれているのではあるまいかと、径《みち》沿いの茂みにやった信郎の目に山紫陽花《やまあじさい》の群落が入ってきた。姿は小ぶりだが、花弁は栽培種と変わらず、下谷稲荷裏の庭に咲く紫陽花が浮かぶ。思わず、その花を好む智恵の顔が重なって、坂を登る膝に力が入った。一刻も早く、あの下谷稲荷裏の家作《かさく》を出て、勘定所の組屋敷に入らなければならない。

ほどなく径は小山の稜線《りょうせん》に出て、あつらえたような景色が眼下に広がった。

田植えを終えたばかりの田が連なって、鏡のように空の青を映している。

思わず息が洩《も》れて、見とれた。

遠目にも畔《あぜ》という畔がきれいに刈られているのが分かる。畔の雑草もまた刈敷だ。さながら湖面のごとき水面《みなも》の下に、敷き込まれているのだろう。

小山と田の按配《あんばい》も素晴らしい。麓で感じた、多くの島を浮かべる内海という印象が、山上から見下ろすと、よりくっきりとする。大がかりな水路が見当たらないところを見ると、湛水《たんすい》の水は泉から得ているらしい。山と田との際あたりに、噴き出しているようだ。田を縁取る十分な小山や森が、水を蓄えているのだろう。そういう草木に漉《こ》された水なら、養分もたっぷりだ。田に張る水がそのまま肥料になる。その上、川から引く水路では避けられない、鉄砲水の恐怖とも無縁でいられる。水路は恵みの水をもたらすが、いったん豪雨となれば洪水を引っ張り込む。

ああ、いいな、と信郎はまた息をつく。目を凝らさずとも、そこに、手余り地がないのが分かる。もしも、あったら、これほど美しい田姿《たすがた》にはならない。これほど平《たい》らかな景色は醸せない。

手余り地は景色を乱す。たった一枚でも、手余り地は不穏を煮詰める。その一枚がやがて周りの田を侵していくのが伝わる。目には入らずとも感じるものなのだ。眼下の光景は不穏から遠い。安らいでいる。くつろいでいる。手余り地があったら、こうはいかない。

信郎が山花陣屋の手代を務めていたとき、御領地の村へ出向いて、まず観《み》るのは田姿だった。そんな言葉があるのかどうかは、分からない。あるいは、自分がこしらえたのかもしれない。

気づいてみると、口にしていた。一枚一枚の田ではなく、一帯として観る。目に入る全景が、田姿である。

その田姿を、漠として観る。部分を注視しない。すると、デコボコがあれば伝わってくる。落差、である。田と田との落差であり、あるいは、田と周りとの落差である。どういう落差かは、いろいろである。水の行き渡り具合のときもあれば、射す陽の量のときもある。はたまた土壌であったり、手入れの加減だったりする。どうであれ、そこに落差がありさえすれば届く。なんの後ろ盾も持っていなかった信郎が山花陣屋で書き役から元締め手代まで駆け上がったのは、ひとえにこの落差を感じ取る力のお蔭《かげ》と言ってよい。いち早く落差を見抜き、平らにすることによって、信郎は代官の信任を得た。

それは、いかに否定しようとも、名子《なご》としての生い立ちが育てたことはまちがいない。小作よりも軽んじられる日々が、誰に対しても丁寧な言葉をつかわせ、なにを見ても、軽重を、大小を、濃淡を、多少を感じ取らせた。少年の信郎は、その気持ちの動きを幾度呪ったか知れない。子供ながらに、せせこましく、狭量で、自分が常に怯《おび》えているように感じられ、ただぼんやりと、目の前の光景を眺めることのできない己を責めた。

みずからに向ける刃《やいば》を納めたのは、生まれ育った西脇村を十七歳で出てからだ。多くの領地が入り組む土地ならではの、縛りのゆるさを頼んで石澤郡を目指し、運よく山花陣屋の書き役の職にありついた。そこで、意外にも、忌避していた、落差に動かされる己に助けられ、平手代へ、そして元締め手代へと身上《みあ》がっていく。おのずと、落差に囚《とら》われるのもまた力ではある、と見なさざるをえなくなり、頼ってもきたが、かといって、その力に親しみを感じることはない。

ともあれ、その力は、眼下の田姿からデコボコを伝えない。不穏の兆しはない。

大丈夫だ、と信郎は思う。

そこに飢饉の爪跡はない。そこは、たしかに、〝耕作専一〟の土地にちがいない。

これなら、いい報告ができそうだ。

信郎は顔を柔らかくして、次の小山へ向かった。

二つ目の小山からの田姿も、満足すべきものだった。これが〝耕作専一〟の村の田だ、とでも訴えかけてくるような田と小山の佇まいが、眼下に広がっている。

唯一、気になる、と言うよりも、不思議と感じたのは、小山を往く径だった。まるで、山上から田姿を見たい信郎を導くように、稜線を縫っているのである。むろん、ずっと前からある径で、村人が山仕事をするために踏み固められたのだろうが、それにしては、径からの景色がよすぎる気がしないでもない。心なしか、そこから田姿を愛《め》でるという意思のようなものを感じる。山仕事のための径というよりも、眼下に広がる景色を楽しむための径と説かれたほうが得心しやすい。

変わらぬ美田に目を預けながら、春山入りか……と信郎はつぶやく。山花陣屋にいた頃に知った石澤郡に伝わる風習で、遅い春を迎えると、人々がこぞって山上を目指す。豊作を祈願する神事であり、待ちかねた春景色を味わう、一年で最上の楽しみでもある。

石澤郡の冬は長く、高い堰《せき》となって春を止める。代わりに、堰が切られれば一気に色がほとばしる。野は菜の花が、森は福寿草《ふくじゅそう》が、山は片栗《かたくり》が彩って、居残ろうとする冬を追いやる。すぐに、百合が、藤が、雪椿《ゆきつばき》が、九輪草《くりんそう》が、石楠花《しゃくなげ》がつづく。

とりどりの色が横溢《おういつ》して、冬景色を残した白い春山に裂け目を入れていく様を目の当たりにすれば、そこにはたしかに、山の神が居《お》わすと信じざるをえない。そして、神に山を下りて、田の神になっていただきたいと祈りたくなる。その情動に突き動かされて、人々が続々と山に入る行事が春山入りだ。目覚めた神の息吹《いぶき》を感じながら山径を歩き、銘々、気に入りの場処に陣取って、山上の春を楽しみながら、気張ってこしらえた弁当を広げる。

小山の径は、その春山入りのためにあるかのようだ。径には明らかに、視《み》る意識がある。

その意識はあまりに赤裸々で、あるいは、春山入りだけではないのかもしれない、と信郎は思う。

信郎が石澤郡の春山入りで登った山の径は、まぎれもなく山仕事のために通っていた。視界が開けて、弁当を広げたくなるような場処は数えるほどしかなく、すぐに埋まってしまったものだ。ところが、村の小山の径は至る処で眺望が利く。首を横に向けさえすればいつでも田姿を見渡すことができて、径はもしかすると、栈敷《さじき》として開かれたのではあるまいかとさえ思えてくる。上本条村を組む四十六軒の百姓が、〝耕作専一〟の村ならではの、田と小山が織りなす景色を堪能するための栈敷である。

春景色と言わず、田植えや初穂、そして収穫など、農事の節目ごとに栈敷に来て、いまやこの村にしかない田姿を見届けるのだ。見届けて、この御代に〝耕作専一〟を貫いている自分たちを称え、そして、久松家を領主に頂く上本条村の百姓としての気持ちを揃える。そのとき、径もまた、〝耕作専一〟の村を組む仕掛けのひとつとなる。

もしも、次の小山の径もそうなら、径はほんとうに栈敷なのかもしれないと思いつつ、信郎は三つ目を目指す。もう、陽は高くなって、そろそろ午《ひる》九つだろう。小山に近づくと、やはり、田との際に泉が湧いている。携えていた竹筒の水を入れ替えつつ、ここで腹をよくするかと思ったが、やはり、上だろう、と考え直して径に分け入った。

入ってしばらくは森がつづいて、里近くではお馴染《なじ》みのクヌギやコナラが群れている。放っておけばかなり大きくなる木だが、大木と呼べるほどに育ったものは見当たらない。村人が炭にするために伐採を繰り返している証《あか》しである。集落に寄り添って育つさまざまな木のなかでも、炭をつくるのにクヌギやコナラを選ぶのは、伐《き》っても切り株から若芽が吹いて、すぐに育つからだ。むしろ、伐り取らないと大きくなりすぎて虫を呼び、芯を喰われて枯れてしまいかねない。伐られてこそ命を永らえる、まさに炭になるために生まれてきたような木なのである。

クヌギやコナラのあいだには、カマツカやクロモジといった背の低い木も枝を伸ばしている。カマツカは、材にするとすこぶる硬い。で、名前のように鎌の柄《つか》などに用いる。いまどき、カマツカを鎌柄として使う者がどれほどいるのかは分からぬが、少なくとも、この村ではいまもその木は鎌柄なのだろう。自給自足は、〝耕作専一〟の村にとって第一の約束事だ。

クヌギとコナラのあいだを縫う径は意外に長い。あるいは、この小山にだけは桟敷は用意されていないのかもしれないと思ったが、ほどなく径は森を抜けた。と、そこは尾根沿いで、やはり、眼下を見晴るかすことができる。信郎はふーと大きく息をついてあたりに目をやり、心持ち平たくなっている草地を見つけて腰を下ろした。麓では風を感じなかったが、山上の野に座れば風がゆっくりと渡って、暑さもほどほどである。加平が気を利かせて用意させておいてくれた背中の網袋を下ろすと、なかには竹の皮で包んだ握り飯と大根の味噌《みそ》漬けの千切りが入っていて、ありがたく頬張った。

握り飯は三分搗《つ》きで、ほとんど玄米に等しい。けれど、なにしろ米がよいので、自分たちが求めることのできる値の江戸の白米よりもずっと旨《うま》い。それも美味というより滋味と言うべき食味で、しかるべき米市場に出せば、さぞかしいい値がつくだろうと思った。昔は米市場といえば大坂一辺倒だったが、いまはあちこちに市場ができて、出す市場を選ぶことだってできる。そういう面では、世の中の変化のすべてが、〝耕作専一〟を阻む方向へ流れているわけでもない。

いつになくゆっくりと握り飯を腹に送って、竹筒を傾けつつ、眼下を見やる。

変わらぬ景色が広がっている。

田と小山の按配は見事の一語で、若い苔《こけ》のように刈り込まれた畔がどこまでもつづく。乱れがどこにもないのは、村としての縛りが行きわたっている徴《しるし》だ。村掟《むらおきて》がしっかりと働いていなければ、そこかしこの畔で雑草が伸びる。それは美田を損ねるだけでなく、やがて〝耕作専一〟をも損ねるかもしれない。

やはり、山上からの眺めは、いろいろと収穫がある。とりわけ、村掟の綻びに気づくには絶好だろう。となると、径は桟敷だけでもないのかもしれないと信郎は思う。

前の小山では、村の一同が気持ちを揃えるための桟敷かと思ったが、あるいは、村の縛りの見張り台でもあるのではなかろうか。そこまでしなければ、〝耕作専一〟は崩れてしまうのではないか。

　それとも、そこに座すのは領主であり、農事指導者でもある久松加平か。ことあるごとに山の径を巡り、『久松家農書』の教えがしっかりと行き渡っているかを高みから見届けているのか。いずれにしても、ただの山仕事の径ではないことだけはたしかのようだ。

　だからこそ、と言うべきか、桟敷からの景色は申し分がない。三つの小山の上から、おそらく、もう十五町歩の田姿は視ただろう。すでに、村高の半分になる。これほどに飢饉の爪跡を認めることができないのであれば、あるいは、ここで仕舞いにしても結果は変わらないのかもしれないという想いがふっとよぎる。三つの景色はあまりに似通っていて、同じ場所を堂々巡りしているかのような錯覚にも囚われる。

　それでも、握り飯が腹に消えると、信郎は四つ目の小山を目指そうとした。

　念には念を入れなければならない。久松家の農事の技で、お救いと沼の干拓が可能かどうかを見極めるといっても、自分は目付ではない。なんとか本物の武家に身上がろうとしている、勘定所普請役である。吟味のために村を訪れたのではなく、そもそもは、点数稼ぎのために献策のタネを探そうとした。加平に蔵座敷に招かれた頃から点数稼ぎを忘れ、ただ、〝耕作専一〟のありのままの姿に触れたい一心で動いているつもりではあるが、知らずに、献策につなげようとして甘く視がちになることもあるだろう。まちがっても、功を焦って、誤った報告をするようなことがあってはならないと、自戒して腰を上げたとき、眼下の光溢《あふ》れる光景に、さっと黒い影が差した気がした。

なんだ、といぶかって、動かしかけた足を停《と》め、あらためて田姿を見渡す。

なにも変わりはない。見落としているものはない。

そこに、デコボコはない。落差、はない。手余り地が煮詰める不穏はない。

けれど、ざわついている。いつの間にか落差を感じ取る力が騒いでいる。

なぜだ……。

なおも、田姿に気を開く。

そして識《し》った。

なさすぎるのだ。

落差がなさすぎる。不穏がなさすぎる。つるん、としている。

まるで、宝暦の飢饉など、なかったかのように。

たしかに、宝暦の飢饉は一網打尽の飢饉とはちがう。土地によって被害にばらつきがあった。でも、上本条村では、久松加平がお救いを施し、収穫の途が途絶えた百姓のために沼の干拓事業までやった。飢饉をもたらした長雨と居座る冷気は、上本条村をも襲ったということだ。なのに、この平らかな田姿はなんだろう……。

最初の小山からの景色だけなら、まだいい。二つ目の小山からの田姿が加わっても、まだ村の三割ほどだ。そういうこともあるだろう。しかし、三つ目に至ってもこれほどデコボコがないのはどういうことだ。

飢饉が終わって、まだ三年だ。畔という畔がこれほどきれいに刈られていなくたっていいし、ここまで見てくれれば、手余り地だって何枚かあっていい。そういうもろもろにも増して、田姿になんらかの乱れがあっていいのだ。

それがそうなっておらず、あって当然の落差を均《なら》し尽くしているのは、よほどの手厚い支えがあったのだろう。

加平はその支えの源を、久松家の先祖が残したものと、そして、郷倉の蓄えであると言った。郷倉の蓄えとは、つまり、『久松家農書』が導く農事の技によって積み上げられた富だ。しかし、その富で、これほどまでにつるんとした田姿を現出するほどの、支えが可能になるものなのだろうか。

それほどに図抜けた技なら、飢饉の被害そのものを軽微に抑えることだってできたのではないか。お救いや干拓をやるまでもないほどに、異変をやり過ごすことができたのではなかろうか。

なにか手がかりがないか、と凝らした目に、周りとは異なる一角が入ってきた。

農家の母屋一軒分ほどの土地が、稲藁《いなわら》で覆われている。

藁小屋に納まりきらない稲藁を野積みしているだけのように見えなくもないが、近くに藁小屋は見当たらない。

そうはいっても、稲藁は農家にとっていっとうありふれた、そしていっとう頼りがいある材料だ。

茣蓙《ござ》も筵《むしろ》も、草鞋《わらじ》も蓑《みの》もみんな藁でこしらえる。俵も藁なら、注連縄《しめなわ》だって藁だ。家だって、藁がなければ建たない。藁を練り込まない土壁なんぞない。傷んで汚れて、もはや茣蓙や草履には使えなくなった藁でさえ、無駄にはならない。そのままでも肥料になるし、厩《うまや》に敷いて牛馬の糞尿を吸わせれば厩肥《うまやごえ》だ。燃やせば火力の強い燃料になり、残った灰は灰で、使いみちには不自由しない。灰もまた肥料になるし、陶器の釉薬《うわぐすり》になる。囲炉裏や火鉢の灰にしたって藁灰だ。だから、稲藁なら、どこにどう置かれていたって、誰も不審には思わない。目にも入れずに、通り過ぎる。ただし、里の者なら……。

信郎は里を離れて、三年経っている。

で、通り過ぎない。

逆に、誰も不審に思わないのを承知して、そこに置いているような気になる。そこから落差が届く。どうしようもなく、届く。

ともあれ……と信郎は思った……小山を下りて、あそこへ行ってみよう。いや、行かなければならない。

昨夜、加平と話したあとに感じた違和感が、にわかに膨らんでいく。

実は、最初の小山に登ったときから、引っかかっていることがひとつある。

村人の姿を、一人として見かけないのだ。

田植えと草取りを済ませて、ようやく田から手が離れた時節だから、そういうこともあろうと己を納得させてきた。年が明けて、正月行事を済ますと、百姓は田畑に没頭させられる。ひと息ついて、ゆっくりできるのは六月のいまくらいしかない。

稲作は、まだ雪の残る二月、厩肥や泥肥を田に運ぶことから始まる。すぐに、すくろこなし、種籾浸しとつづいて、そこからは、もう、息つく暇がない。三月に入れば、苗代《なわしろ》の畦塗りがあり、用水堰の泥上げがあり、田の畦切りがある。月末には、苗代の掻きこなしと種播き、そして田起こしが三番。四月は荒代《あらしろ》掻き、中代《なかしろ》掻き、田の畦塗りと施肥、葦刈りがあって、ようやく五月の田植えだ。半年近く、稲にかかり切りだったわけだから、この時節くらい田を離れたいのである。

だから、人影がなくてもおかしくはないようなものの、雪解けにもならない頃から稲にかかり切りだったということは、家のことにはほとんど手をつけられなかったということでもある。長い冬のあいだに傷んだ家の修理や壁塗り、稲こなし場の整備など、この時節だからこそ、やっておかなければならない外仕事がたっぷりあるはずなのだ。あと、ふた月ほどして、八月の末になれば、もう稲刈りである。

なのに、山上から見渡した限り、田畑はおろか人家の庭先にも人が立ち働く姿は捉えられなかった。信郎は目がよく、見逃したとは思えない。とはいえ、まったく見かけないというのはあまりに不自然だ。やはり、見逃したのかもしれず、そのあたりもたしかめたいと思いつつ、小山を下りて麓の路を行った。

やがて、集落が見えてきて、それとなく、しかし注意深く路や庭先に目をやるのだが、やはり、人の姿を見ることはできない。無人、ではない。質実ではあるが、手は行き届いた人家から、人の気配は伝わってくる。にもかかわらず、表には出てこない。

たまたま……ではなかったら、なんだろう。やはり自分か、と信郎は思う。

加平が、どこをどう視てもらっても構わないと言ったからには、あらかじめ村人たちに自分のことは知らせているだろう。

どう伝えたかは分からぬが、おそらくは大枠なのではあるまいか。〝江戸から、お役人がお救いの顕彰の件でお調べに来る〟、といった程度ではないか。自分のことはあくまで〝江戸のお役人〟として伝わっていて、実は、刀は差していても武家ではない勘定所の普請役とは知る由もあるまい。昨夜、加平には明かしたが、あのあと、わざわざ、自分の身分を知らせる触れが村中に回ったとは思えない。

文禄以来、この村にこもって、いわば籠城してきた村人にとって、〝江戸のお役人〟とはとりもなおさず〝警戒しなければならないお役人〟であろう。下手に顔を合わせて面倒の種をつくりたくないという気持ちで外へ出ないようにしているのなら、ま、無理からぬ。余所者《よそもの》に対する用心の深さは、こちらの想像をはるかに越えるものがあるのだろう。

しかし、それにしても、一人として外へ出ないというのはどういうことか。それも、路に出ないだけでなく、庭先にも出ない。集落の路を行って、よくよくたしかめても、山上から認めたとおりだった。

信郎は早朝、誰にも告げずに小山を登った。山上から視ていたのは知られていないはずである。なのに、視られているのが分かっているかのように表へ出ない。日頃、自分たちが山上から縛りの具合を視ているから、視られることを知らずに意識するのか。村人にとって、山上からの視線はごく当り前なのか。警戒心も度を越している気がして、明日にやるつもりの村方三役《むらかたさんやく》への聴き取りが思いやられる。これでは、よほど周到に問いを練らないと、通り一遍の答しか返るまいなどと思いつつ、信郎は集落を抜けた。

山上から認めた稲藁を野積みしている場処は、集落から遠くなかった。路の脇に気を注ぎながらゆっくりと歩を進めると、ふっと、よい香りが伝わってくる。前にも嗅いだことがあるような気がして、路傍にやった目に、ゼニアオイの桃染色《つきいろ》の花弁が入ってきた。いまでは里でも珍しくなくなったが、もともとは薬草として南蛮より持ち込まれた種であり、喉の痛みと下痢に効く。智恵の実家の、北岡の屋敷に咲いていたのを思い出して、ふっと息が洩れた。薬草であるにもかかわらず芳香を放ち、花も美しい。智恵に教えられて、すぐに覚えた。

三年前に知った香りが懐かしく、信郎は深く息を吸う。歓迎されない土地で、その花だけが歓迎してくれているようだ。もう一度、繰り返そうとしたとき、花の香りを別の臭いが隠した。不穏だけれど、よく知っている臭い……木が焼けて、焦げた臭いである。思わず足を早め、臭いの出処《でどこ》を探す。と、足が停まったのは、稲藁が野積みされていたあの場処だった。やはり、上から見たとおり、農家一軒分を覆う広さを稲藁が覆っている。

煙は立っていない。すくなくとも、見える限りの稲藁は焦げてもいない。でも、臭いははっきりとそこから届く。

となれば、藁灰をつくっているのだろうか。そこは稲藁を焼く場処と決まっていて、たび重なるうちに臭いが土に染み着いてしまったということなのだろうか。ならば、目の前の稲藁も、これから火を放たれることになる。

信郎は足を踏み出して、積まれた稲藁の下をたしかめようとする。

と、そのとき、背後から声がかかった。

「お戻りください！」

言葉づかいは柔らかだが、声の色には硬い芯がある。ゆっくりと振り向くと、手織り木綿と分かる野良着を着た百姓が二人立っていた。背後には、あと三人いる。信郎に気づかれぬようにつけてきた、ということなのだろうか。

「どなた、でしょうか」

いつもの口調で、信郎は言う。百姓たちが、意表を突かれたのが分かる。百姓相手に、そんな話し方をする役人は、初めてなのだろう。やはり、昨夜の加平との面談の様子は、彼らには伝わっていないようだ。領主と領民のあいだには、距離があるということなのか。それとも、また、ちがう理由があるのか……。

「恐れ入ります。この村の組頭《くみがしら》を務めております治作《じさく》と申します」

左に立つ五十絡みの男が、まず名乗る。

「百姓代《ひやくしようだい》の弥五郎《やごろう》でございます」

ひと回りは下に見える右の男が、治作に倣《なら》った。組頭は名主を補佐し、百姓代は小前側の立場を代表して村の舵取《かじと》りに加わる。名主と組頭、それに百姓代がそろって、村方三役となる。

「御勘定所、普請役の笹森信郎です。名主の久松加平殿の顕彰の件で、この村を調べに来ています」

信郎も名乗ってから、つづけた。

「稲藁を視ていたのですが、なにか支障がありますか」

「いささか」

答えにくそうに、治作が答える。

「ほお」

藁灰をつくっているのなら、なんで支障があろう。変わらぬ穏やかな調子で、信郎は訊《き》いた。

「わたくしは、久松殿から、上本条村のどこをどう視てもらっても構わないと言われておりま

す。ご存知ですか」

「それは承知いたしておりますが……」

治作は目を落とす。答えるべき言葉を、探しているようだ。

「事前にお達しがあって、当方がご案内をさせていただくものと了解しておりました」

彼らにとっては、〝江戸のお役人〟が突然、姿を現して、稲藁の野積み場に目をつけるとは

想《おも》ってもみなかったのだろう。あらかじめ待ち受けて、野積み場を避けて、案内するつもりだ

ったにちがいない。

「時がないので、まずは小山に登って上から視ることにしました。それで、この場処が目に留まったのです」

信郎は説きながら、なんで、そうまでして自分をここから遠ざけたいのか、と想う。それでは、ここはただの野積み場ではない、見られて困るものがあるのだと、みずから白状しているようなものではないか。そのことに気づかぬのか。それとも、気づいていて、なお、遠ざけねばならぬ事情があるのか。稲藁への興味が、いやが上にも募ったが、信郎はあえて、当たり障りのない話から入ることにした。

「ここで稲藁を焼いて、灰を得るのかと想っていましたが、ちがうのですか」

二人ははっとしたように、顔を見合わせる。言われてみて初めて、そういう答え方があったことに気づいた、という体《てい》である。

「ちがう……と申しますか……」

とたんに、治作はしどろもどろになった。後悔が尾を引いているようだ。そう、答えればよかった、ここでは藁灰を焼いておりまして、取り立ててお見せするような場処ではございません、などと無難なことを言いつつ引き離せばよかった、といったところなのだろうか……。次の言葉が出ずに、治作はちらりと、弥五郎に目をくれる。助けを求める。あるいは、信郎を制止するという筋書きは、弥五郎のほうが書いたのかもしれない。

「御陣屋から、お役人様については、どこを視ても構いなしというお達しがありましたので……」

やはり、弥五郎が話を継いだ。幕府御領地の百姓が「御陣屋」と言えば、通常は代官所を指すが、この村では久松家のことを、そう呼ぶらしい。きっと、「久松」という名前を、そのまま音にするのは憚《はばか》られるのだろう。この村では、いまでも久松家が名主ではなく、領主であることが伝わってくる。

「お役人様だけには、正直な処をお話しすることにいたしますが、私どもは稲藁を焼いてはおりません」

治作より弥五郎のほうが、口調はしっかりしている。とっさに判断して、〝隠す〟から〝明かす〟へ切り替えたところを見ると、機転も利くし、腹も据わっているようだ。年嵩《としかさ》で組頭でもある治作を立ててはいるが、村役人として実際に動いているのは、若い弥五郎のほうなのだろうか。

「あるいは御陣屋のほうからお話があったかと存じますが、ここでは……」

それでも、ひとつ息をついてから、弥五郎はつづけた。

「塩硝、をつくっております」

思わず、信郎は弥五郎の瞳を覗く。

「済まぬが……」

そして、おもむろに言った。

「いま一度、お願いしたい。なにをつくっておるのかを」

言葉を聴き取れなかったわけではない。あまりに意外だったからだ。ここで塩硝という言葉が出てくるとは、予想もしていなかった。また、ずいぶんと、思い切った手に出たものである。

「塩硝、でございます。肥料につかっております」

「ほお」

もしも、そのひとことが、御公儀の手入れを招くことになったら、どうするつもりなのだろう。

「ここで、ですか」

弥五郎の瞳から目を外さぬまま、信郎は念を押す。

「はい」

信郎の目を見返して、弥五郎は答えた。

「管轄の代官所に、その話は？」

「上げておりません」

こっちの件は、案の定である。

「お祭しのとおり、公許を得ぬまま、つくっております。それゆえ、江戸からお役人様が見えられると聞いて、このように稲藁で覆いました」

筋は通っている。その限りにおいて、破綻はない。

「いくら火薬ではなく、肥料にするため、と申し上げても、それは通らぬでしょう。隠すしかありませんでした」

悪びれることなく、弥五郎はつづける。

「それに、万にひとつ、お調べになるお役人様にご理解いただけたとしても、塩硝づくりの現場をご覧になられてしまえば、そこはお役目で、江戸へ戻られてから報告せぬわけにはゆかぬはずです。で、とにかく、目に触れることのないように手配いたしました」

詰まる処、弥五郎は信郎に、見れば、引っ込みがつかなくなるから見るな、と言っている。このまま、黙っていろ、と。けっこうな胆力である。

「すべてを明かしたからには、この場をあらためることなくお戻りいただけるよう、お願いするしかございません」

あるいは、脅しているのか、と信郎は思う。けっして洩らしてはならぬ秘密を明かしたからには、それだけの覚悟があるということなのか。後ろの三人の背後にも、あるいは着火した火縄を用意した村人たちが控えていて、否と答えたときは替わって立ち現れ、火蓋《ひぶた》を切る……。あとは、知らぬ存ぜぬで通すというわけか。相当に危なっかしくはあるが、たしかに、ここなら、村の者以外に人の目はない。

「また、誠に勝手ながら、この話じたい、お耳には入らなかったものとしていただきたく、切に、切にお願い申し上げます」

言い終えると、弥五郎は腰を落とし、地面に両手両膝を突いて、額《ひたい》を押しつけた。すぐに治作が、そして背後の三人が倣う。あくまで脅しではなく、請願であるという形をつくる。

もともと、信郎は塩硝の件を江戸に伝えるつもりはない。加平から肥料としての塩硝の話を聞いたとき、村でつくっているのかどうかをたしかめなかったのも、たしかめれば別の話になってしまうからだ。加平が信郎を名子と信じて、そこまで明かした気持ちを汲んで、その先へは踏み込まなかった。信郎自身、名子として堀越家に仕えていた頃、塩硝づくりに関わってもいた。村として塩硝をつくりつづけてきた経緯は分かる。

とはいえ、強要されれば、話はまたちがってきてしまう。胆力は認めるが、あまり褒められた胆力の使い方ではないなと思いつつ、信郎は答えた。

「分かりました」

弥五郎と治作が、さっと顔を上げる。

「このまま戻りましょう。ここで塩硝をつくっていることも言いません」

「まことですか」

信郎を射抜くように見て、言った。

「ええ、けっして」

その目をすっと受け止めて答えると、信郎はためらうことなく足を踏み出した。

脅しに屈したわけではない。

その場凌《しの》ぎ、でもないし、加平とのあいだに生まれかけた信義を守ったのでもない。

もはや、野積み場に用はなくなったし、村を視るまでもなくなっていた。

沼も含めて、視る必要はない。それよりも、他に、向かわなければならない処ができていた。

そこへ急ぐ信郎の背中を、五人の視線が追ってくる。

信郎は、弥五郎は信じただろうかと想い、自分はすくなくとも、嘘《うそ》は言わなかったと思った。

自分はけっして、あの場処で塩硝をつくっていたことを言わない。

誰にも言わない。

言いようがない、のだ。

あそこで塩硝など、つくっていないのだから。

信郎は早足に、久松の屋敷を目指した。

あの野積み場では、塩硝は採れない。

いくら待ちつづけようと、未来永劫、採れない。

稲藁の下に、どんな仕掛けが隠されていようと採れない。

理由は、あまりに明快すぎる。一見しただけで、分かる。

屋根がないからである。

壁がないからである。

雨に打たれる処では、塩硝はけっして採れないのである。

水粒《みつぼ》を嫌うだけではない。湿気だけでも大敵だ。

なのに、弥五郎がそこで塩硝をつくっているなどと言ったのは、ひとつには、なんとしても
あの場処から自分を遠ざけたかったのだろう。

あの稲藁の下に、見られてはならないものがあった、ということだ。

とにかく、見せてはならないことは決まっていた。動かせなかった。

見せることのできない理由として、とっさに頭に浮かんだのが、塩硝だったのだろう。

相当な危険を冒すことになるが、そのくらいの危うさがなければ、〝江戸のお役人〟相手に、

見せずに済ますのは難しい。

賭けに出たのだ。

もっと穏当な理由はないか、と考えもしただろうが、おそらく、塩硝と比べるに値する案は浮かばなかったのではなかろうか。

もしも、弥五郎が塩硝づくりがいかなるものかを知っていれば、さすがに口には出せなかったと思うが、彼は知らなかった。

塩硝づくりがいかなるものか、を知らなかった。

そう、弥五郎は塩硝づくりに加わったことがないはずだ。

さもなければ、いくら急場凌ぎの方便とはいえ、野積みで塩硝をつくっているなどという乱暴なことは口にできない。

小前を代表する百姓代の弥五郎が塩硝づくりを知らないということは、上本条村が村を挙げて塩硝をつくっているわけではないということである。

信郎は、すっとうなずける。

主従の気風を残す村にあって、武力の源である塩硝づくりは領主の専権に属する。

領主とは、村で唯一、塩硝づくりを継承する家でもある。

信郎が育った西脇村の、堀越家もそうだった。塩硝は領主たる堀越家のみでつくっていて、村人にはその技をけっして洩らさなかった。

だからこそ信郎も、塩硝づくりを覚えたのだ。堀越家のみでつくるとはいっても、当主の十蔵の役割は作業の節目節目に指示を下すことである。実際に躰を動かすのは名子だ。堀越家に仕える譜代の家来で、けっして秘技を洩らす怖れのない名子のみが、塩硝づくりに当たることができる。塩硝づくりとは、まさに、名子の仕事なのである。

主従の気風を残す村、といえば、領主と領民は一枚岩であるかのようだ。が、治める側と治められる側である以上、そこに境い目がないわけがない。境い目があってこその、領主と領民なのである。

むしろ、領主と領民だからこそ、境い目はくっきりとしていなければならない。塩硝をつくる側と、下げ与えられる側のように。

くっきりとさせるために、名子は動く。領主が領主であるために、名子は務める。

そこなのだ、と信郎は思う。

きっと、そこだ。

そのために、ああなった。

稲藁が積まれた。

覆い隠すために。

信郎の目から、逃れるために。
けれど、あのとき、信郎は見たのだ。
稲藁に手を伸ばそうとして、見た。
重ねられた稲藁の隙間からわずかに覗いていた、黒焦げになった柱を。
あれは建物だ。
焼け落ちた建物だ。
焼け焦げた臭いは、そこから放たれていた。焼け落ちた建物から放たれていた。
あの建物はなんだ。
焼け落ちたのは、なぜだ。
なんで、弥五郎や治作は、いや、村の者たちは隠し切ろうとする？
ただの火事ならば、隠すまでもなかろう。
その理由は、久松加平が知っている。
加平はすべてを知っている。
そして、訊けば、語る。訊きさえすれば……。
加平は、訊かれるのを待っている。
初めての上本条村だが、信郎の足取りにはためらいがない。

信郎は代官所手代の出だ。村の巡り方は躰に植え付けられている。三つの小山から見渡したとき、村の路がどうなっているのかは諳《そら》んじていた。

迷うことなく、御陣屋にたどり着く。

加平は囲炉裏のある居間に、信郎を待っていたかのように座していた。

「いかがでしたか」

恬淡《てんたん》と、言った。

「やはり、この下ですか」

信郎は加平の問いには応えずに向かいに座して、囲炉裏の周りの敷板に目をやって訊き返した。

「塩硝、ですか」

加平は逸らさない。想ったとおり、まともに、受けた。

「ええ」

「さようです。この下です」

塩硝づくりは、そこで行う。

堀越家でもそうだった。

囲炉裏の床下に、人がすっぽり隠れるほどの、擂り鉢状の巨大な穴を掘って行う。

だから、屋敷もあらかじめそのように造られている。床下は躰が動かしやすいように高く取り、囲炉裏周りの敷板はいつでも外せるようにしている。

まずは六月の蚕が孵化《ふか》する頃、ちょうど今頃に、穴の底に稗《ひえ》がらを敷き詰める。

その上に、乾かしてほろほろになった黒土と蚕の糞をよおく混ぜこんだものを一尺ほど置く。

次の層は、植物だけをいろいろと混ぜる。稗がら、蕎麦がら、煙草がら、それに、干したヨモギとウドの仲間のサクを五、六寸に切ったものを丹念にすきこんでから敷く。

これを繰り返していく。黒土と蚕の糞の層と、植物の層を何層にも重ねて、床下から六、七寸のあたりまで盛る。

そのまま熟《な》れさせて一年が経った夏に、穴の底、一尺の土を残して、鋤で切りこなし、蚕の糞を混ぜこむ。二年目以降は、春と夏、秋ごとに切りこなす。春は、稗がら、蕎麦がら、煙草がら、夏は蚕糞《さんぷん》、そして秋はヨモギとサクを加えて切りこなす。

そうして五年目の秋、初めて土を掘り出す。ここではまだ、塩硝になりかけである。

土を水に浸して、なりかけの成分を水に移し、煮詰めてから、藍染の藍を醸すときに使う紺《こう》屋灰《やばい》をこねたものと合わせて、いよいよ塩硝となる。それからは毎年、採れる。

囲炉裏の床下と決まっているのは、真冬でも暖がとれることもあるが、それ以上に、乾くからである。塩硝づくりは、乾いた土と、乾いた草と、乾いた蚕糞があって進む。すべてが乾いていてこその、塩硝づくりなのである。

むろん、つくる場も乾いていなければならない。稗がらや蕎麦がら、切った干し草を用いるのも、多くの隙間を確保して湿気を溜めぬようにするためだ。

だから、糞は蚕糞に限る。手に入る糞で唯一、乾いているからだ。説によっては、鶏糞を混ぜるとか、牛糞とか、はては人糞や尿といった講釈さえあるが、原理としてありえない。なんであれ、水気を帯びたものは大敵なのである。どこぞの誤った説を鵜呑《うの》みにして、それがまた次の鵜呑みを生んでいるのだろう。塩硝づくりの根幹を理解していればありえない誤りで、当然、雨露を避けられない露天での塩硝づくりは考えられない。弥五郎はそれを知らなかった。

「百姓代の弥五郎殿は、稲藁の野積み場で塩硝をつくると言っていました」

信郎は早々に本題に入る。

「さようですか」

加平の口調は変わらない。

「あれは塩硝づくりを知りません」

「どうしても、稲藁の下にあるものを、わたくしに知られたくないようでした」

「稲藁の下……」

「稲藁の隙間から黒焦げになった柱が見えました。建物が焼け落ちたかのようです」

「はあ」

「わたくしが来村するまでにきれいにしようとしたのでしょうが、除《の》け切れなかったようです。それで、仕方なく稲藁で覆った」

加平は目を伏せて聴いている。

「あの建物はなんだったのでしょう」

「笹森様は……」

ふっと息をしてから、加平は目を上げて言った。

「わたくしがそれを話すのを疑っていらっしゃらないようですが、なにゆえ、そのようにお考えなのでしょう」

信郎の顔を、まじまじと見てつづける。

「村の百姓代と組頭が隠すのなら、名主であるわたくしもまた隠すとは思われませんか」

「わたくしが疑っていない訳は簡単です」

即座に、信郎は答えた。

「あなたが話したがっているからです」

「わたくしが、ですか」

加平の瞳に、戸惑ったような、それでいて、喜んでいるような、奇妙な色が浮かぶ。

「ええ、そもそも、あなたは、それを話すために、江戸から役人を呼び寄せたのです。つまり、わたくしを、です」

「それはまた……興味深いお話ですな」

加平はその色を隠すように、信郎の顔から目を切って言った。

「差し支えなければ、なぜ、そのような話になるのかをお聞かせ願えるでしょうか」

「あなたは、他の者にほぼ決まっていた御公儀の顕彰を、自分こそふさわしいと上申した」

「ええ」

「そのことじたいに、まず、違和感を覚えました。上役から話を伝え聞いたわたくしは、昔、名子として仕えた堀越家の御当主にあなたを重ねました。話だけでこしらえた印象ではありますが、あなたが名声を欲しがるような方とは思えなかったのです。実際に、向かい合ってみても、そのとおりでした。あなたは権力よりも知力を求める方と映った。御公儀よりの顕彰に恋々《れんれん》とする人物とは対極にある方と見ました」

加平は目を伏せ、黙して聴いている。

「上役からは、年貢を石代納に替える話も出て、いったんはそれが理由かと思い当たりました。御公儀が進める石代納の動きを是として動いているあなたが顕彰から外れたら、村をまとめていくのがむずかしくなる。名声を得たいのではなく、石代納を前に進めるための手段として顕彰が必要なのだと思いました。これについては、いまもそうではないという確証があるわけではありませんが、そうだという確証はもっとありません」

信郎は竹筒の水で喉を湿らせた。気づけば、随分と喉が渇いていたが、茶を所望していられるような話ではないし、加平も下女を近づけようとはしなかった。

「それでも、石代納との絡みは消えたわけではなく、明日、村人たちから聴き取りをする際に当たってみようかなどと考えてもいましたが、本日、三つ目の小山から田姿を見渡したときに、それは忘れました。最初の小山に登ったときは、いかにも〝耕作専一〟らしい田姿と見えましたが、三つ目ともなれば、あまりに〝耕作専一〟ならではの痛みがないと見ざるをえなかったのです」

「痛み、ですか……」

「ええ、痛み、です」

「痛みが、ございませんか」

「まったく。もとより、この御代で〝耕作専一〟を貫く困難さは尋常ではありません。その尋常ではできぬことをやり抜くゆえの痛みが、否応なく顔を出すものなのです。飢饉からまだ三年となれば、なおのことでしょう。なのに、飢饉などなかったかのように、つるん、としていました。まだ視てはいませんが、きっと沼もそうなのでしょう。見事に干拓されていることは、いまさらたしかめるまでもないと思われますが、いかがですか」

「たしかに、わざわざ足を運ばれることもないのではとは存じます」

「久松家の農事の技でそれを成し遂げたと説くには、あまりにも痛みがなさすぎる。〝耕作専一〟では得られない、なんらかの外からの支えがあったと判じざるをえません」

加平はまた黙した。

「ひょっとすると、その支えは塩硝ではないか、と考えもしました。上本条村を組む四十六軒の、すべての家の囲炉裏の下に穴が開いていて、そこから採れる塩硝の益で村を支えているのです。しかし、百姓代の弥五郎殿が塩硝づくりを知らなかったことで、それはなくなった。となれば、〝耕作専一〟ではない稼業、つまりはなんらかの商いで富を得た何者かが、飢饉の傷を塞いで余りある支えを供した、としか考えられません」

加平は顔を上げ、天井のあたりに目をやったが、唇は閉じたままだった。

「その何者かは、あなたではない。あなたが商いで利を得ることはできません。その力がないのではなく、その情動がないからです。利にのめりこむには、あなたはあまりに知が深すぎる。わたくしは、あなたではない誰かに想いを馳《は》せました。そのとき、稲藁の野積みに目が留まったのです。たしかめれば、それの下には焼け落ちた建物があって、弥五郎殿はそこで塩硝をつくっていると言います。なんとしても、わたくしに見せまいとします。となれば、わたくしはその黒焦げの建物と、あなたではない誰かとを結びつけざるをえません。そのとき、はたと気づいたのです」

加平の目は天井から戻って、まっすぐに信郎を見ている。

「あなたが、わたくしを呼び寄せたのだ、と」

信郎もまた加平の目をまっすぐに見て、つづけた。

「おそらく、あなたもいったんは、この村で起きたことを隠すことに決めたのでしょう。しかし、なぜかは分かりませんが、ほどなく、やはり、語らなければならないと思うに至った。とはいえ、訴え出るというところまでは気持ちが定まりません。また、所管の代官所では、あまりに日頃からの縁が濃すぎます。もろもろのしがらみが入り組んで、意を決して語っても、なかったことにさえなりかねない。で、あなたは、とにかく江戸から役人を呼び寄せようとした。けれど、それは、村人たちの意とは反していました。表立って動くことはむずかしい。そこへ耳に入ってきたのが、顕彰の話でした」

ふっと息をついてから、信郎は言葉を足した。

「あなたは、わたくしを呼ぶ手立てとして、御公儀の顕彰を利用することにした。あえて、横《よこ》槍《やり》を入れることにしたのです」

先刻、それに気づいたときには、よくもとっさに、告白と顕彰の件とを絡めさせたものだと嘆じたものだった。

「そう考えると、なぜ、あなたのような方が上申したのかもすっと腑に落ちました。顕彰の調べで役人が来ると言えば、村人たちも拒むわけにはゆきません。さほど疑問にも思わんでしょう。その点からも、顕彰という手立てはうってつけでした。きっと、あなたはわたくしが滞在する二日半のどこかで、すべてを明かす頃合いを見計らっているのでしょう。ですから、わたくしは、あなたが話すのをなんら疑っていないのです」

加平はふーと大きく息をした。そして、おもむろに唇を動かした。

「いやはや……」

こんどは小さく息をついた。

「お見事ですな、図星です」

そして、つづけた。

「ただし、半分ですが」

〔五〕

「どうせ、昨日からなんにも食べていないいんでしょう」

多喜は言った。

柳原通り沿いの宿である。

もともとは理兵衛の定宿《じょうやど》だが、多喜も江戸上りのときは決まってそこを使う。浅草田圃から還《かえ》った二人は、下谷稲荷裏には寄らずにその豪奢《ごうしゃ》な宿の多喜の部屋へ上がった。

今朝には引き払って、北岡へ戻ったものと思っていたのは、智恵だけだったらしい。

「いま西瓜《すいか》を頼んだから食べて。とにかく、お腹《なか》へ入れて。それで、ぜんぶ入れてから、あたしの話を聞いて」

多喜の話が終わらないうちに、「失礼いたします」という声が届いて、座敷の障子が引かれた。仲居が姿を見せて、智恵の前に盆を置く。大きく切った西瓜が、二切れ乗っている。物を食べる気なんてぜんぜん起きなかったのに、つい間際まで井戸水に浸かっていたのだろう、つやつやとした緑の皮の一面にうっすらと露が結んでいる様が目に入ると、ひどく乾きを覚えて、知らずに手が伸びた。お腹の小赤子が求めたようだった。

「最初の日から、なんか、あんたの様子がおかしいと思ってね」

多喜は、柳原通りが見える側の小窓の際に躰《からだ》を移して、敷居に腕を預け、表に目をやっている。面と向かわないほうが聴きやすかろう、という配慮らしい。細かく気をつかう多喜の横顔は、いつもの童女のようではなく、三十二の齢相応《としそうおう》に見える。

「だから次の日、あなたを五條天神の岡村に誘ってみたわけ」

そうだ、そうだった。

ずいぶん前のように思えるけれど、まだ三日しか経っていない。

松坂屋で豪勢に着物を注文したあとで、多喜が「お午《ひる》は、岡村の時雨卵《しぐれたまご》が食べたいな」と言い出したのだ。

たしか、鯒《こち》の薄造りと鶉《うずら》の吸い物と、そして、名物の時雨卵が出た。

「だって、そうでしょ。下谷の家にいるあいだ、あんた、ご飯そっちのけで胡瓜《きゅうり》ばかり食べてるんだから。自分じゃあ気がつかなかった？」

幸い、つわりは軽くて、男の信郎に気取《けど》られる心配はなかったけれど、食《しょく》は細った。で、一人でいるときは口に入るものだけを入れるようにしていたら、多喜を前にしても、つい、同じようにしてしまったらしい。そんなに気安いわけでもないのに、なんで用心を忘れたのだろうといぶかりながら、智恵は聴いていた。

「ひょっとして、と思って、ちえの好物でためしてみたわけ。そしたら、案の定、鰤や鶉はむろん時雨卵にも手をつけやしない」

言われてみれば、あのときも、変だなとは思ったのだ。刺身も卵も、多喜は苦手のはずだった。岡村の時雨卵が食べたい、と言い出したときは、離れて暮らしているあいだに舌が変わったのかと思ったものだ。けれど、やはり、一、二度、口に運んだだけで、「それほどでもないわね」と言って箸を置いた。まさか、そんな理由で、岡村を選んだとは思わなかった。

食事を切り上げたのだって、料理が苦手だからというだけじゃあなく、いつもの多喜からは信じられないけれど、箸が伸びない智恵に合わせてくれたのかもしれない。そういう多喜の前で、自分は本田《ほんだ》瓜《うり》ばかりを口にしていたのだ。多喜にとっては、あまりに分かりやすかっただろう。

「でもね、そのあと、弥吉にちえのあとをつけてもらったのは、理兵衛さんに言われていたから。弥吉は覚えてるわよね。あなたの前には立たなかったけど、旅のお供はいつも弥吉さん。弥吉さんはそういう密偵みたいなことができてもおかしくない人みたいなの」

忘れるはずもない。智恵に名子《なご》が何者なのかを教えてくれたのが、義母の喜代のお付きをしていた弥吉だ。「そういう密偵みたいなことができてもおかしくない」というのも、あのときの答えぶりを知っている智恵は、すぐに得心できる。弥吉は理兵衛のとっておきの耳目だった。耳目ならば、人のあとをつけることだってあるだろう。

それよりも、「理兵衛さんに言われていたから」とは、どういうことなのだろう。やはり、理兵衛は自分がこうなることを見通していたのだろうか。子のできた自分が信郎の邪魔になることを、読んでいたのだろうか。だから、きっと始末をすると……。さもなければ、まちがっても、あとをつけさせたりしまい。子ができたと察しただけなら、祝いの言葉のひとつも言ってくるのがふつうだろう。

「そう言えば、もう分かるでしょ。あんたをつけてた弥吉が、昨日、仏店で、あの女と話しているのを認めて。あんたが帰ったあと、どういう話になっているか、女から訊《き》き出したの。渡すもの渡したら、もう、すらすら。で、あたしは今朝、明け六つから、あのお寺の山門のなかであんたを待ちかまえていたってわけ。ちえの頭んなかはお腹のことでいっぱいだったろうから、見つかる心配はぜんぜんなかった」

でも、なんで今度に限って、理兵衛は気を病んだのだろう。そろそろ、ということなのだろうか。

ならば、当たっていたことになるが、もっと以前にこうなったっておかしくはない。たまたま、か。たまたま、理兵衛がそういう気になったということか。

去年ならば、自分は人知れずどこかの窪地《くぼち》に跳び下りていたのだろうか……。

「なんで、あたしが年に二度、江戸上がりしていたと想う？」

多喜は窓辺を離れて、智恵と向かい合う。

「一度だって贅沢《ぜいたく》なのに」

多喜の口から「贅沢なのに」という台詞が出てくるとは夢にも思わなかった。

「父さんのお使いでしょう。俳諧に入り用になる筆や短冊を求めに」

智恵は穏当に答える。目の前の多喜は、智恵の知っていた艶で遊び好きの多喜とは似ていない。いつもは当てにしていないけれど、気づくと頼っている実の姉のようだ。そういう面倒見のいい姉に、もうしばらく寄りかかっていたかった。

「表向きはね」

多喜が江戸上がりするほんとうの理由が、芝居見物や呉服屋通いのためなんて、言いたくないし、言ってほしくもない。

「ほんとうは、あなたの様子を観《み》るため」

えっ。

「筆屋通いも芝居見物もみんな口実。遊びのほうは、そのうち表向きだかなんだか分からなくなっちゃったけど」

「あたしの様子……」

どういうこと、だ。

「そう、あなたの様子。ちえの様子」

ちえ、の様子？

「今年だけじゃないのよ。理兵衛さんがあなたの様子を観てこいって、あたしに言ったのは。あたしは毎年二度、あなたの様子を観るために江戸上がりしてたの。理兵衛さんから、それとなくって釘を刺されていたから、今年に限って、みたいな言い方をしただけ」

「そんなこと……」

「……ありえない？」

「そりゃあ……」

自分はもらい猫で、その上、名子だ。理兵衛の言う、ちゃんとした名子、だ。そして、多喜は理兵衛の実の娘だ。自慢の実の娘に、なんで嫁に行って江戸へ出た、もらい猫で名子の娘の様子を観に行かせなければならない？

「理兵衛さんはあんな人だからね……」

ぽつりと、多喜は言う。

「言葉すくなで、なんでも自分のお腹んなかに溜《た》めこむ男《ひと》だから、ずっと、そのまんまになっちゃったんだろうけど……」

「そのまんま……?」

いいいい、そのまんま、って、なに?

「かあさんが、あんなに早く逝かなきゃね。こういうことにはならなかったんだろうけど。あたしにしたって、あんたがそんな風にとっているなんて、夢にも思わなかった。いまだって、ぜんぶ信じているわけじゃない。あんまり、べらぼうな話だから。こういうことって、ほんとうにあるんだって。ひとって、いったん、こうと思いこんじゃうと、他の景色はぜんぜん目に入らなくなっちゃうものなのかね。でも、あたしにしたってそうか……やっぱり、いまだって心底からは信じちゃいないもの」

なにを言っているのか分からない。多喜の独白は、智恵がとっかかりさえつかめない処で進んでゆく。

「おかしいな、と思ったことはあったんだ。あんたが弥吉に……名子、のことを訊いたとき。あんたは十三になってたはずだけど、覚えてる?」

とたんに、顔に血が上る。

なんで、そういう話になるのか。
なんで、ここで、名子が出てきてしまうのか。
そう思うあいだにもどんどん頭に血が集まって、火照《ほて》ってたまらない。
なんにも分からない話から、いきなり、名子だなんて。
そんな話には乗れない。
信郎にさえ、明かしていないのだ。いや、誰にも明かしていない。
もしも明かすとしたら、最初の相手は信郎だ。
そして、信郎が最後だ。
なんで、理兵衛の実の娘と、名子の話をしなければならない。
正燈寺の門前で芽生えて、浅草田圃で育った多喜への肉親めいた情が急に冷めていく。
やはり、信郎しかいない。自分とつながっている人間は、信郎だけだ。
肉親、なんていない。
自分には父も姉もいない。
智恵は顔をうつむけ、真っ赤な顔で、押し黙った。
「ずいぶんと熱心に名子のことを尋ねられたって、弥吉から聞いてね……」
変わらぬ口調で、多喜は話をつづける。

自分の顔色に気づかぬはずはないから、承知で語っているのだろう、と智恵は思う。あたしが怒りに身を焦がしているのを分かって、話を止めないのだろう。

性悪《しょうわる》だ。

質《たち》がわるい。

そういう多喜にも増して、智恵は弥吉を呪《のろ》う。

あれだけびくびくしながら、訊く人を選んだのだ。

何年もかけて、選んで、選んで、ようやくこの人ならばと、切れぬ想《おも》いを断ち切って尋ねた。

なのに、喋《しゃべ》ってしまった。

いとも簡単に喋ってしまった。いちばん知られたくない女《ひと》に……。

「そのとき、あたしがどう感じたと思う?」

そんなことを、あたしに言わせるつもりか。

もらい猫の上に名子だと知って驚いた、とかを、あたしに語らせたいのか。

それとも、かわいそうなコ、と見下ろしたか。

ちがう妹をもらい直してくれ、と、理兵衛におねだりしようと思ったか。

いっときは多喜にもたれかかってしまった自分を、智恵は許せない。

胸のうちで、信郎にすまない、すまないと詫びる。

「とうとう、知られちゃったって思ったのよ」

なにが、知られちゃった、だ？

あたしが自分を名子だと知ったからといって、あなたになんの関わりがある？

「いちばん知られたくない娘《こ》にね」

その妙な言い方は、なに？

あたしがあなたに知られたんじゃなくて、あなたがあたしに知られたみたいじゃないの。

いったい、なにを言っている？

あまりの理不尽に、智恵はじっとしていられず、伏せていた顔を上げて、呪うように多喜へ目を向けた。


けれど、敵意を滾《たぎ》らせる智恵の目に映った多喜は、勝ち誇ってなどいなかった。

むしろ、ぞっとするほど寒々しく、いかにも独りだった。

思わず首筋の汗が引くほどで、向けた怒りが空を切る。

「あたしはね、あんたをほんとうの妹だと思ってきたの」

多喜には似合わない言葉のはずなのに、疑う気持ちが起きない。

「ねえ、なんであたしがあんたをちえと言ったり、言わなかったりするか分かる？」

それは、前から知りたかった。自分はどういうときにちえで、どういうときにあんたなのか。いかにも名子に思えるときはあんたで、そうでもないときはちえなのか。

「ちえというのはね、それを知られたとあたしが気づく前の、あんたの呼び名なの」

話はますます分からなくなる。

「あんたが弥吉に名子のことを訊いた十三までは、あたしはずっとあんたをちえって呼んできたのよ」

分かるのは、とにかく気を集めて聞かなければならないということだけだ。

「そりゃあ、あんたは理兵衛さんの姪《めい》で、血がつながっていて、あたしがほんとうの妹と思うなんておこがましいんだろうけどね」

理兵衛さんの姪……

血がつながっている……

「なんの因縁か、余所《よそ》で苦労させられて、五歳のときに成宮の家に入ったわけだし。それに、そのときのあんたはほんとにかわいらしくて、いかにも頼りなげで、もろくてこわれちゃいそうで。十一歳のあたしは、自分があんたを守らなきゃと思った。で、自分だけの、あんたの名前をつけたのよ。それが、ちえ」

それが、ち、ちえ……

「でも、あたしが名子の出の、もらわれっ子だって知られちゃったと思ってからは、もう、ち、え、って呼ぶことはできなかった」

多喜の瞳の奥に、また、あのぞっとするほどの寒々しさが浮かんだ。

「呼びたいんだけど、呼ぼうとすると唇がこわばってね、呼べない。呼びたくても、呼べない。それからあとは、ほんとうにもう、たまにしか口にできなかった、怖くて。あんたも、弥吉と話してからは急に様子が変わって、すっかり垣根ができたみたいだったし。もう、知られちゃったとしか思えなかった」

「なにを言ってるの！」

我慢がならなかった。

ひとりで言いたいことを言って、冗談じゃない。

なにが「怖くて」だ。

なにが「呼びたくても、呼べない」だ。

「名子の出の、もらわれ猫はあたしでしょ！」

そんな出鱈目《でたらめ》は罪だ。

「あなたは父さんの実の娘じゃない。そうに決まってるじゃない。なんで、いま、そんな出まかせを言わなきゃいけないの！」

いくらなんでも、堪忍してほしい。

「ねえ、いったいどういうつもりなの。からかってるの。そんなひどいこと言って、なにがおもしろいの！」

思わず膝でにじり寄って、両手で多喜の着物の襟をつかんでいた。

窪地で多喜の胸に顔をうずめたときと同じくらい、涙が溢《あふ》れ出した。

あのときは救いだったけれど、いまはなんの涙なのか分からなかった。

我慢がならなかったけれど憎くはなく、ひどいと思いながら、多喜の形のよい唇から出てくる言葉の音の柔らかさを感じていた。

「やっぱり、そうだったんだ」

智恵の背中に白い手を這わせながら、多喜は言った。

「やっぱり、ちえは自分が名子だと思ってたんだ」

智恵はうぇんうぇんと、子供のように泣くしかなかった。

「ごめんね、もっと早く、言ってあげればよかったね。言うどころか、それに気づくのさえ怖くてね、触らないようにしてきた」

多喜の声はますます柔らかくなる。

「あれからは遊びを覚えて、すっかり悪い娘《むすめ》になってね。悪い嫁になって、悪い出戻りになって、そっちには近寄れないようにしてきた。はっきりするかもしれない処から逃げ回ってきたの」

そして、きっぱりと言った。

「言い訳だけど、いま」

一語一語をくっきりと言う。

「ちえが自分を名子だと思ってるのを知ったのは、ほんとに、いま。いま、初めて知ったの。ごめんね。罪ほろぼしじゃないけど、はっきりさせとくから聞いて。しっかり聞いて」

首をもたげて見上げると、多喜の両の目に涙はなかった。

「名子なのは、あたし」

多喜は必死になって、泣かない役を演じていた。

「あなたは、名子じゃあない」

瞬きもせずに、つづけた。

「そして、あなたは理兵衛さんの姪。血がつながってるの。あたしの知ってることしか話してあげられないけど聞いて。さ、あたしの目を見て、聞いて」

言われるとおりに、智恵はした。

「理兵衛さんには、真紗《まさ》さんという妹がいたの。弥吉の話じゃあ、なにしろ理兵衛さんの妹だから、それはきれいなひとだったらしい。その真紗さんが、いまから三十年ばかり前、十九になった春に、まるであたしの身の上話みたいだけど、遊歴に来ていた漢詩の詩人と欠け落ちてね。成宮の家じゃあ八方、手を尽くして捜したけど、なかなか見つからなかった。消息が分かったのは、それから七年後。なぜか房州《ぼうしゅう》で、一人で暮らしてたみたいだけど、そのとき真紗さんはもう亡くなっていた。でも、真紗さんには二十一のときに産んだ五歳になる娘がいてね、ある漁師の家で養女になっていたの。迎えに行った理兵衛さんはひと目で真紗さんの子と分かったらしいよ。目元がそっくりだったから。もう言わずもがなだけど、その真紗さんがちえのお母さん。だから、ちえは理兵衛さんの姪。ほんとうの肉親なの」

智恵はいまも折に触れてよみがえる波の音を思い出そうとした。

あれは房州で、聴いた音なのだろうか。

成宮の家に来てから一度だけ海に連れて行ってもらったことがあって、そのときの驚きが幼い記憶に交じりこんでしまったのかもしれないと想っていたのだけれど、あれは本物の記憶だったというのか……。

「あなたがその頃のことを覚えていないのは、きっと覚えていたくないことがあったんだと思う。だから、無理に思い出すこともないと思う。五つまでの記憶がなくたって生きてける。ぜんぜん困らない。あたしなんて、あげたいくらい」

多喜は真顔で言う。自嘲にも自棄にも聴こえないのは、多喜がほんとうに智恵を思って言っているからだろう。記憶の欠落が、気持ちの負担にならないようにと考えてくれているのだろう。実際、智恵はそうかもしれないという気になっていた。五つまでの記憶がなくたって生きてけるし、たぶん、困りもしない……。

「でも……」

でも、五つまでの記憶はともあれ、五つからの記憶のほうは、まだ、自分の思いちがいだと得心できたわけじゃない。

「なに？」

「あたしは聴いたの。はっきりと聴いた。父さんと母さんが、あたしのことを話していたのを」

「なんて」

「父さんが言ってた。あの子は名子なんだって。名子は名子でも、ちゃんとした名子なんだって」

二人がいた座敷からは物陰になる廊下で聴いた、あのやりとりは忘れようがない。

「母さんは、たとえ、ちゃんとした名子でなくともいいって言ってくれたわ。あの子なら、いいって。あの子はあの子だからって。だから、母さんが仏様になったとき、わたしは家を出たの。すぐに連れ戻されちゃったけど。わたしがあの家にいられるのは、母さんがあの子ならいいって言ってくれているから。だから、母さんがいなくなったら、自分もこの家にはいられないって決めこんでいた」

「そんなことがあったわね」

ぽつりと、多喜は言った。

そのとき、智恵は不意に思い出したのだ。

あのときは成宮の家の男衆《おとこしゅう》に連れ戻されたとばかり覚えていたけれど、他にもいた。男衆の陰に、自分よりはおっきな女の子が見え隠れしていた。あれは、多喜だ。いままでずっと、家を出るまでの自分の様子がおかしかったから気取られて、すぐに見つかってしまったとばかり思いこんでいたけれど、そうではなくて、幼い自分にはいつも多喜の目が注がれていたのかもしれない。

「でも、理兵衛さんが言ったあの子は、ちえのことじゃない」

あえて淡々と、多喜は言う。

「あれは、あたし。あの子はあたし」

ふっと笑みを浮かべてから、つづけた。

「他人の空似《そらに》なんだけど、理兵衛さんとあたしはちょっと顔立ちが似ているでしょ」

智恵は深くうなずく。二人を実の父娘と疑わなかったのは、そのことも大きい。血がつながっているはずの自分と理兵衛よりも、多喜と理兵衛の方がはるかによく似ている。

「それで、そんなことになったんだろうけど、あたしは理兵衛さんが外で産ませた娘だって噂《うわさ》が立ってね。もらわれて、二年目だった。それで、理兵衛さんは母さんにだけはほんとうのことを明かしたって、弥吉が言ってた。ちえはそのときの話を聴いてしまったんだと思う。房州から戻って成宮の家に来たばかりだから、そんな話が耳に入ったら、自分のことって思うのも無理ないね。堪忍ね、あたしのとばっちりで」

ふっと息をついてから、多喜はつづけた。

「ああ、もう察しているかもしれないけど、弥吉も名子。ただし、弥吉は御領主の家来じゃなくて、家来の家来だったの。そう、あたしの父が領主の家侍で、弥吉は父の家来だった。で、あたしのお付きみたいな形で成宮の家で奉公することになったわけ。だから、弥吉がちえとの話をあたしに伝えたのは大目に見てあげてね。弥吉にとっては、それが忠義立てだから」

さっき、弥吉を呪ったことを、智恵は恥じた。むろん、多喜を呪ったことも。でも、まだ、自分が名子ではないと得心できたわけではない。頭では理解しても、気持ちがついてゆかない。お伽話《とぎばなし》を、聞かされたような。話が終わったら、すべてが元へ戻ってしまうような……。

「どうかしら……」

多喜は蚕に触るように言う。

「呑みこむことは、できた？」

農家で飼う蚕は家蚕《いえこ》と言う。繭《まゆ》をつくるためだけに育てられた、ひ弱な虫だ。山野《すの》に棲む野蚕《こ》とちがって目は見えないし、枝にしがみつく足の力もない。もしも、家蚕を野に放ったら、一日と持たない。乗せた桑の葉から落ちたら、もう這《は》い上がることはできない。つまり、餌が断たれる。

「分からない……」

智恵は答えた。

「疑ってはいないけど、信じてもいない。どうやって信じればいいのかが分からない」

もう二十年を越えて、名子として生きてきた。話ひとつで、そうではないと思え、と言われたって無理だ。いまも、目の前の美しいひとを名子に見ることはできない。やはり、名子の女は、自分だ。

「そうよね……」

初めから承知していたように、多喜はゆっくりと言う。

「焦ることはない。時をかけて、ゆっくり信じていけばいい」

蚕に触るような声に撫《な》でられながら、もしも、このひとがほんとうに名子なら……と、智恵は思う……このひととあたしはほんとうの姉妹《きょうだい》だ。このひととあたしは、互いに知らなかったけれど、ずっと名子として過ごしてきた。二人とも、名子にしか分からない世界を生きてきた。

「あたしと入れ替わりに、理兵衛さんが江戸へ上がって来るはず。理兵衛さんからじかに話を聞けば、また、ちがってくると思う。そうやって、すこしずつ、気持ちを馴《な》らしていくの」

そうだ、そこいらの姉妹なんかより、ずっとずっと姉妹だ。

「ねえ……」

智恵は多喜を、姉さんと呼んでみようと思う。多喜が努めて自分をちえと呼んでいるように、自分も多喜を姉さんと呼ぼう。

「姉さんが、父さんを理兵衛さんって呼ぶのも、そういうことだから?」

頭を巡らせて、姉さんの言葉を入れる問いを拾い出し、そう訊いた。なんで実の父娘なのに理兵衛さんと呼ぶのだろうと、前々から気になっていた。

「そうだけど……」

ずっと、きっちりと答えてきた多喜が一瞬、口ごもる。そして、迷った風を見せてから、また、これまでの口調に戻して言った。

「今日は、あたしはなんでもありのままに答えてきた。嘘《うそ》はこれっぽっちも言っていない。嘘をひとつでも口にすると、ちえに話を信じてもらえなくなるから。あなたが名子じゃあないって、分かってもらえなくなるから」

「ええ」

「だから、このことも正直に話すことになるけど、それでもいい？　誰にも言っていない話になるけど」

「そうして」

なんなのだろう、と想いつつも、促した。きっと、聞かなければならない話なのだと感じた。

「あたしは理兵衛さんを父さんとは思っていない。でも、それは血がつながっていないからじゃないの。それだけだったら、あたしだってちゃんと父さんって呼ぶくらいできる」

ならば……なに……

「あたしがどうしても父さんと口にできないのは、あたしには理兵衛さんは理兵衛さんだから。分かる？　できたら、察して欲しいんだけど、だから、あたしは誰と縁づいてもうまくいかないの。すぐに出戻っちゃうの。理兵衛さんのほうがいいのよ。ぜんぜん、いいの」

それって……と想い、そういうことなの、と想う。言われてみれば思い当たらぬでもないが、すこしも気づかなかった。実の父娘とばかり思いこんでいたし、羨んでもいた。たぶん、妬んでもいたのだろう。だから、見えなかった。いくら近くにいたって、見ようとしないものは見えない。

「むろん、理兵衛さんはそんなこと知っちゃいない。実の娘と思ってくれている。あたしの勝手な気持ち。だから、この話はここだけにして。すぐに忘れて。いい？」

答えようとしたけれど、言葉が出てこなかった。深く深くうなずくと、知らずに涙が伝った。

あたしのために、そんなことまで話しちゃうんだと思った。

多喜が、これまでの話を無にしないために、それを明かしたのはたしかと思えて、話させたことを胸奥《きょうおう》で詫びた。そのとき、多喜の話のすべてが信じられた。

自分はまちがいなく、名子ではない。

そして、多喜はまちがいなく、名子なのだった。

「あたしだって言っていない。理兵衛さんに気持ちを伝えてなんていない」

多喜はつづけた。

「義理の父娘だから言い出さないのか、そこにも、名子が関わっているのかは分からない。名子でなくたって伝えないのかもしれないけれど、あたしは名子なんだから、それをたしかめようがない。でも、ちえはどうなるのかしらね」

「どうなるのかしら、って？」

すぐには意味がつかめない。

「あたしはずっと名子のままだけど、ちえは名子から名子ではなくなる」
小さく、智恵はうなずいた。
「きっと、見える景色が変わると想うの」
そうなのか、と思う。
そういうことになるのか……。
「当然、ひととの関わり方だって変わるかもしれない。そうでしょ」
名子でなくなると、世の中の見え方が変わるのか……。
ひととの関わりさえ、ちがって感じられるようになるのか。
そのときふっと、信郎の顔が浮かんで、智恵は慌てて打ち消した。
そんなことはありえない。
いくら、名子でなくなったからって、信郎への気持ちだけは変わりようがない。
こんなことで、揺らいだりするような結びつきじゃあない。
なのに、なんで、信郎の顔を想い浮かべたりしたのだろう。
それだけだって、罪だ。
あたしはそんなひとなのだろうか。
あたしは変わってしまうのだろうか。

いや、もう、変わっているのだろうか……

いまさっき、自分とつながっている人間は信郎だけだって、噛《か》み締《し》めたばかりだ。

肉親なんていないいって、自分には父も姉もいないいって思い詰めて、顔を真っ赤にしていた。

怒りで、震えていた。

なのに、これか……

名子でなくなったあたしは、名子の男をどう見るのだろう。

どう、出るのだろう……

〔六〕

「半分ですか」

と、信郎は言った。

「ええ、半分です」

加平は答えた。

村人が御陣屋と呼ぶ、久松家屋敷の囲炉裏端である。

「わたくしが顕彰にかこつけて江戸のお役人をお呼びしたのは、まったくもってそのとおりでございます」

淡々と、加平は言う。

「しかしながら、わたくしがかならず語るかのごとき話されようは、当たっておりません」

先刻、信郎は、加平がこの村で起きたことを伝えるために、顕彰を利用したと指摘した。顕彰に絡めて、江戸の役人を呼び寄せたのだと。だから、信郎が滞在する二日半のどこかで、すべてを明かす気でいるはずである、と。これに対して加平は、図星である、と認めた上で、「ただし、半分ですが」と、つづけた。いま加平は、なんで「半分」なのか、を語ろうとしているのだった。

「むしろ、お呼びはしても、語ることはあるまいと踏んでおりました。あくまで、顕彰に関わるお調べに応じるにとどまるのであろう、と」

「ほお……」

信郎は言った。

「どうにも辻褄《つじつま》が合いませんね」

ひとつ息をついてから、つづける。

「役人は呼ぶけれど、この村でなにが起きたかは語らないということですか。そもそも、そのために呼び寄せたのに」

「いえ」

即座に、加平は答えた。

「けっして、語らないと決めたわけではございません」

往《ゆ》きつ戻りつの答えぶりだが、はぐらかしているようには映らない。

「笹森様、わたくしは博打《ばくち》を打ったのでございますよ」

むしろ、すべてを明かそうと腹を据えた者の潔《いさぎよ》ささえ伝わってくる。

「江戸から見えられるお役人に賭けたのです。語るか、語らないかは、そのお役人しだいということでございます」

「ならば、どういう役人なら、明かすのでしょう」

「分かりません」

「分からない……」

「ええ、ですから、賭けだったのです。自分でも、どういう方ならば明かす気になるのか、皆目、分かりませんでした。実際に顔を合わせてみて、明かす気になれたら明かす、そうでなければ顕彰のお調べのみにお応えするという心積もりだったのです。そして、おそらく明かす気になることはあるまいと踏んでおりました」

「なにゆえですか」

「この数十年のあいだにお会いしたすべてのお役人の顔ぶれを振り返っても、あの方なら、と思える御仁《ごじん》は一人としていらっしゃらなかった。いえ、皆様方の人品《じんぴん》を云々しているのではございません。ご立派な方も数多く存じ上げております。心より敬服しておる方もいらっしゃいます。なによりも、久松家は文禄以来、武家に信を置く家筋です。明かす相手に値しないなどと、己の分を逸脱したことを申し上げるつもりは毛頭ございません。ただ、わたくしが語る気にならないという、一点を申し上げております」

加平は掛け値なしに語っていると、信郎は信じた。久松家は往年の、戦国領主だ。血において、武家を軽んじることはできない。

「言い方を変えれば……」

信郎は言った。

「村で起こったことは、あなたにとって、それほどに、語るに語れない事変ということになりますね」

「さようです」

囲炉裏のある板敷きの部屋は、畳敷きで言えば三十畳はあるだろう。異様に広く、そして、無愛想である。部屋を飾るしつらいはなにもない。この部屋は床の上ではなく、床の下のためにある。塩硝《えんしょう》づくりのためにある。久松家が変わらずに領主でありつづけるためにある。床下の培土を外へ運び出すための、そこは作業場であり、通り路《みち》だ。

「お呼びするからには、その語るに語れないことを語らなければならないのですが、しかし、語ることはできまいと観念しておりました。語ろうにも、わたくしの口にはいくつもの錠が何重にもかかっておって、どの錠をどういう順番で操れば開くのか分かっていないのです。わたくしはその開け方を、見ず知らずの江戸のお役人に求めていたわけです」

けれど、部屋の床下は、しんとしている。いまは六月蚕の季節だ。本来なら、塩硝づくりの真っただなかのはずである。あるいは、終わったばかりなのかもしれぬが、それならそれで、まだ作業の熱気が漂っていてよい。なのに、床下からは、なにも伝わってこない。今年、そこで、塩硝はつくられなかったかのようだ。領主が領主であるための、名子たちの儀式が、今年に限っては行われなかったことになる。

「ですから、お呼びしていながら、諦めておりました。自分が無いものねだりをしていることを、承知しておったのです。逆に、だからこそ、意を決してというほどのこともなく、顕彰を申請することができたのでしょう。ことさらに開けようとしていなかったので、村人にも、心底を覗かれることがなかった。村人には、わたくしが願い出たことは伏せて、江戸のお役人のほうから顕彰のお調べにいらっしゃるとだけ告げましたが、弥五郎と治作も疑う様子はありませんでした。そのように、あらかたあきらめつつ、昨夕、わたくしは笹森様をお迎えしたのでございます」

深まる暮色のなかで、この屋敷の前に立ったときのことを、信郎は思い起こした。

「お姿をひと目見るなり、わたくしは驚かされました」

わずかに光を残す夕空を、まるで戦国領主の陣屋のように武張《ぶば》った建物の大きな影が、刳《く》りぬいていた。

「いえ、うろたえた、と申し上げたほうがよいかもしれません。けっして揺らぐまいと想っていた心底が、わなわなとうごめくのでございます」

信郎が生まれ育った西脇村の、堀越家の屋敷と同様に、そこは闘う屋敷だった。戦国の終焉《しゅうえん》を知らずに、なおも闘いつづけようとした気概が消え切らずにいた。まるで、十七歳までいた堀越家の屋敷に還《かえ》ってきたような気持ちで、信郎は久松家の門を潜ったものだ。

「そんなはずはないと思い、自分の見誤りであろうと思いました。無いものねだりなんぞが叶うはずがないとも思いました。きっと、わたくしの願望が、あるはずのない像を見させているのだろう、と」

信郎は久松加平を堀越十蔵に重ね、十蔵に仕えていた頃の、つまりは名子《なご》だった頃の己を呼び戻しながら、加平に会った。

「想《おも》いの外の成り行きに怯えたわたくしは、気持ちが揺らいだのは、見せかけだけだと思うことにいたしました。幾度かやりとりを重ねれば、地が見えてくるにちがいないと決めつけたのです。村の菜《さい》だけの食事をお出しすればご不興を買い、酒を控えていると申し上げれば呆れ顔を見せられ、村を調べにお出でになりながら、村のことにはとんと関心をお示しにならず、挙句は音物《いんもつ》に話を持ってゆかれる……すぐに、わたくしの買いかぶりだったことがはっきりするにちがいないと想うことにいたしました」

しかし、実際に認めた加平は十蔵と似ていなかった。加平は、勇猛な一族のなかでただ一人、家長の期待に反して書物に親しむ長子《ちょうし》のようだった。武器を手にする姿は想い描きにくく、ましてや軍団を率いる姿は想像するべくもない。加平はまさに、戦が絶えた、貨幣の時代と闘う領主に見えて、献策のタネを手に入れる期待に胸が膨らんだ。

「ところが、笹森様はことごとく逆に振る舞われます。炒《い》り子《こ》の味醂《みりん》煮をよおく噛《か》み締《し》められ、凍《し》み豆腐《どうふ》と夏野菜の炊合《たきあわ》せに頬を緩められ、糸瓜《へちま》の汁《しる》を旨《うま》そうに飲まれた。自給自足の食事を喜ばれているのが、手に取るように分かりました。酒をお出しせずとも、もともと嗜《たしな》まないとおっしゃり、箸を動かす時も惜しいようにお調べに入られる。その問われる中身もいちいち的を射ていて、この村のありようを、この村の〝耕作専一《こうさくせんいつ》〟を、真剣に知ろうとなされているのが、ひしひしと伝わってまいりました。そして、とどめは、あ、の言われようです」

そこで、加平はすこし咳《せ》きこんだ。先刻から、水気なしでずいぶんと話している。

「そう、笹森様は、名子、を持ち出された」

加平がまた咳きこんで、信郎は竹筒を差し出す。加平は辞することなく喉を湿らせ、会釈をして返してから、つづけた。

「最初、笹森様は、当家には人手が足りないという話の絡みで、名子という言葉を使われた。

覚えていらっしゃいますか」

「ええ」

即座に、信郎は答えた。

「〝耕作専一〟の村の名主であれば、従う名子は少なくないはず、という趣旨のことを口にしました」

「あのとき、わたくしは江戸勤めのお役人がなんで名子をご存知なのだろうといぶかりました」

そのとき、「名子、でございますか」と問い返した加平の口調ははっきりと覚えている。なご、という二文字しかない言葉を、ひとつひとつたしかめるように音にした。

「で、お尋ねすると、江戸勤めはまだ三年で、以前はずっと代官所の手代をされていたとおっしゃる」

「そのとおりです」

「そして、笹森様ご自身が、名子であるとつづけられました」

「ええ」

「そのとき、わたくしは仰天しておったのですが、伝わったでしょうか」

「いいえ、そのようには見えなかったですね。関心を示したのは分かりましたが、あなたは落ち着いて、わたくしが名子として仕えていた村の名を尋ねました」

「笹森様は即座に、岩村郡の西脇村と答えられた。初めから、手の内はさらすと腹を据えられていたのですね」

「そのとおりです。尋ねられなくとも、語るつもりでした。この御代に〝耕作専一〟を成り立たせているものに速やかにたどり着くには、己をさらけ出して訊《き》くしかないと思っていた。勘定所普請役が地肌を見せるのが、どれほどの効き目があるかは分かりませんが、しかし、そうして本気を伝える他に、手立てはなかったのです。ですから、あなたが西脇村を知らぬ様子を見せても、堀越十蔵様の御屋敷でのことを語りつづけました」

「西脇村、は存じておりました。見透かされておりましたか」

「あなたはなにも知らぬ風でしたが、すくなくとも西脇村が本田村であることくらいはご存知と観ました」

「わたくしはどこかで笹森様が新田村の名を挙げるのを願っておったのです。そうすれば、笹森様は方便で名子を持ち出されたことになる。となれば、明かさずとも済むと思っておりました。ところが、よりによって、西脇村の名を口にされた。実は、西脇村は知っているどころではないのです。よおく存じております。成り立ちと由緒が、ほぼ重なり合う村どうしです。近い土地ではないので、繁《しげ》くではありませんが、堀越十蔵殿とも行き来がございます。胸奥《きょうおう》を明かし合うことができる、と申し上げるまでの交わりではないものの、お会いした折はことさらに胸襟を閉じずとも済みます。それだけで、我々のような者には得がたいものなのです。笹森様は西脇村を出られてから……?」

「十七で送り出していただいたので、もう十四年になります」

「その間、訪ねられたことは?」

「いいえ、一度として」

いつかは恩を返したいと思いながらも、目の前のことと格闘しているうちに、あっというまに十四年が過ぎた。その後ろめたさは常に抱えつづけている。

「僭越《せんえつ》でございますが、一度、様子を見られては、と存じます。と申しますのも、嗣子の英輔殿が一昨年、亡くなられております」

「まことですか」

それは、まったく知らなかった。もはや西脇村に親類はなく、風の便りも届かない。

「折からの風病でした。十蔵殿も六十の半ばを過ぎて後継ぎを喪《うしな》われて、ずいぶんと気を落とされていたので、山花の御陣屋の元締め手代まで務められた笹森様が姿を見せられれば、さぞかし心強かろうと思われます」

幾度となく、考えはしたのだ。帰郷、と言ってもよいのだろうか……西脇村へ戻る路と、江戸行きを天秤《てんびん》にかけたことさえあった。堀越十蔵もまた〝耕作専一〟を目指す領主だった。つまりは、苦労を重ねていた。山花陣屋での十年でつちかったものが、十蔵の肩にかかる荷を軽くするのに、いささかなりとも役立つのではないかと思った。なのに、結局、江戸行きを選んだのは、武家にならなければならなかったから、に尽きる。

山花陣屋で書き役から平手代へ、元締め手代へと上り詰めても、名子という己の境遇が心底から消えることはなかった。そして、いくら己の境遇に始末をつけようとしても、武家を躰《からだ》で識《し》らなければ、畢竟《ひっきょう》、たどり着こうとしている場処の周りをぐるぐると巡っているだけと識った。武家に憧れたわけではない。二本を差したかったのではない。名子を識るために、武家を識らなければならなかった。そうしなければ、十七歳からの信郎の旅は終わらなかった。

しかしながら、そのように、突き詰めれば他に選びようがない江戸行きと、西脇村への帰郷とを、秤《はかり》にかけたのは紛れもない事実である。

信郎にとって、西脇村へ戻る路はそれほどに重かった。江戸行きを選んだのは、たしかに武家にならなければならなかったからだが、西脇村に関わる理由だってなくはない。いくら山花陣屋という主要な代官所の元締め手代にまでなったとはいえ、名子の出である自分が村でどのように迎えられるのか、不安は残ったし、自分が戻ることが、齢《とし》が重なる英輔の邪魔になるのではとも想った。その英輔が急逝して、十蔵が張りを失っているという。信郎のなかで、十四年の空白が、十七歳の少年が三十一歳の男になるまでの年月が、弥《いや》が上にも広がった。

「いささか、話が回り路をしたようですが……」

すこし嗄《しわが》れた声で、加平は言った。

「しかし、あながち、回り路ばかりとは申せません」

信郎が差しだそうとした竹筒を手で断わって、加平はつづけた。

「そのようなやりとりを重ねさせていただくに連れ、見せかけに過ぎないという、わたくしの疑念はことごとく打ち砕かれてゆきました。そうして、観念せざるをえなくなったのです。笹森様には、この村で起きたことのすべてを明かさなければならない、と」

声はいよいよ嗄れて、幾度か、加平は空《から》っ咳《せき》をした。

「先ほど、わたくしは、どういうお役人ならば、自分が明かす気になるのか、皆目、分からないと申し上げました。しかし、ここまで語ってくれば、はっきりと申し上げることができます。笹森様、なのです、わたくしがお待ちしていたお役人は。笹森様ならば、明かすことができるし、聞いていただかなければなりません」

そこまで言うと、加平は腰を浮かし気味にして、言った。

「少々長い話になりますので、その前に水を仕入れてまいりましょう。戻ったら、また、お耳を貸していただきます」

そうして加平は、囲炉裏端を立った。

加平の姿が部屋から消えたとき、信郎は一瞬、このまま加平が戻らないような感覚に襲われた。神隠しに遭《あ》ったかのごとく消え失せて、すべてがなかったことになる。そういう虚ろな感じが、塩硝づくりが行われなかった囲炉裏部屋の隅々まで満たされている気がした。そのうち、みずからも虚ろに染まって空になってしまうような想いに囚《とら》われ、腰を上げかけたとき、加平が大きな土瓶と二つの湯呑みを携えて、姿を現した。元の場処に座って、なみなみと湯呑みに注いだ冷たい水を、信郎は喉を鳴らして呑んだ。

「すでに、申し上げたように、わたくしは江戸のお役人にお出でいただくために、宝暦の飢饉《ききん》の顕彰を申請いたしました」

加平もまた水を含んでから、なんの前置きもせずに本題に入った。語るからには、一刻でも早く、すべてを伝え切りたいと願っているかのようだった。

「しかし、実はわたくしは、それより以前にも、顕彰を申請しようとしております」

「その際も、やはり自薦、でしょうか」

話はすぐに、核心に近づいていった。

「いえ、推そうとした人物は、わたくしではございません」

湯呑みに残った水を呑み下してから、加平は言った。

「勘三《かんぞう》、と申す者でございます」

「小前、ですか」

「はい、ただし、ふつうの小前とはいささか異なります」

信郎の頭の片隅に、加平ではない誰か、が浮かんだ。〝耕作専一〟ではない稼業、つまりはなんらかの商いで得た富によって、飢饉の傷を塞いで余りある支えを供した、誰か……。

「その勘三の持ち高はどれほどでしょう」

信郎はひとまず穏当に、訊いた。

「三石足らず、でございます」

「また、ずいぶんと小さいですね」

「さようです。他の小前の半分もいかんでしょう」

「にもかかわらず、勘三は裕福だったのではありませんか」

三石足らずだからこそ、豊かであるかもしれない、と信郎は想った。百姓仕事をそこそこの持ち高に抑えて、余った躰で他のなにかをやっている……。

「さすが……お見通しですな」

ふっと息をついて、加平は答えた。

「勘三はたしかに百姓ですが、また、商人でもございました。村人に金を貸し付けては、その返済を米や大豆といった現物で受け取ります。それらを売りさばくことで、身代《しんだい》を大きくしていったのでございます」

「勘三の他に、そういう小前はいましたか」

昨今、百姓の顔をした商人は珍しくもない。享保《きょうほう》から元文《げんぶん》、そして宝暦へと時代が進むに連れて、在方も急速に変わりつつある。しかし、〝耕作専一〟を貫こうとするこの村では、例外であるはずだった。

「おっしゃるように、上本条村では勘三だけでございました。おのずと人の目につきやすく、風当たりも強くなるはずですが、かならずしも、そういうことにはならなかった。一軒前として、了解されておりました」

「他の村なら、どうということもありませんが……」

信郎は首をかしげた。

「この村で一軒前扱いは妙な気もしますね。なぜ、認められたのでしょう」

一軒前とは、村の成員として正式に認知されることである。もろもろの権利と、そして、もろもろの義務を与えられ、村の舵取《かじと》りにも一軒前として参画する。新田村ならともあれ、上本条村のような〝耕作専一〟の村で、半端《はんぱ》な百姓が一軒前扱いされるのはむずかしいはずだった。

「ひとつには、商いが真っ当だったからです。勘三の求める利幅は常に、供する便宜《べんぎ》の代価として納得できる範囲にありました。しかしもっと大きな理由は、そうした勘三の供する便宜が、この村にも欠かせなかったということでしょう。いかに、〝耕作専一〟を貫こうとする村でも、慶長《けいちょう》から百六十年が経った宝暦の村のひとつなのです。掛け値なしの自給自足には無理があります。無理を重ねれば、いずれは屋台骨まで壊れかねない。〝耕作専一〟の屋台骨にひびを入れないためにも、どこかにある程度の隙間《すきま》が必要でした。その隙間を担っていたのが勘三だったのです」

風が出てきたらしく、竹林がざうと揺れる音が届いた。

「ありのままの勘三は百姓よりもむしろ商人であり、村人も商人としての勘三を頼りにしておりました。しかし、村人どうしとして付き合うときは、あくまで百姓としての勘三で、商人の顔は無視しました。〝耕作専一〟の村である上本条村に、本来、商人はいないはずだからです。いない者を認めるわけにはゆきません。それは勘三のほうも承知で、上本条村の一軒前としての質素な暮らし振りを崩しませんでした。勘三は最低限の隙間を担うためによんどころなく小商いをする、目には見えない商人だったのです。しかし、現実の勘三は、そんな小物ではありませんでした」

竹林の唸《うな》りがおさまるのを待つようにしてから、加平はつづけた。

「もともと商いの才覚があったのでございましょう。小商いに徹していた村での勘三は、しかし、一歩、村の外へ出れば、もっと手広く、もっと大きく、商いを繰り広げていたのです。なかでも大成功を収めたのが、木綿の買い継ぎでした。当初は大きな町問屋の使い走りのような形で仕入れに当たっておりましたが、だんだんと己の勘定で商うようになり、やがて、在郷問屋並の力を持つ買い継ぎ商へのし上がっていったのです」

「百姓のほうはどうしていたのでしょう。自分でやっておったのでしょうか」

「やっておりました。持ち分を他の村人へ分けて、三石足らずに絞っておりましたが、たしかに、農事の節目節目には、みずから躰を動かしておりました。在郷の有力商人となったあとも、勘三は上本条村の一軒前たらんとしたのです」

「ずいぶんと無理をしますね。ふつうなら百姓を畳んで、最寄りの在町《ざいまち》で店を開くところでしょう」

「なんで、そんな無理をするのか、笹森様はもう見当をつけていらっしゃるのでしょう？」

信郎に向けられた加平の瞳の奥が光る。

「勘三は……」

囲炉裏端の敷板に目をやって、信郎は言った。

「ここでの塩硝づくりを仕切っていたのではありませんか」

否定されなければ、勘三は名子になる。

「笹森様も塩硝づくりは……」

安堵《あんど》に似た色を浮かべて、加平は言った。

「父に倣って、覚えました」

「さようですか。お察しのとおりです」

竹林がまた唸った。

「勘三は当家の名子でした」

その唸りを貫いて、声は届いた。

「わたくしよりもひと回り齢上の五十四で、二十年ばかり前に小前になりましたが、勘三は百姓になっても、商人になっても、久松家の名子であろうとしたのです。おかしいと思われませんか」

自嘲めいた笑みを浮かべてから、加平はつづけた。

「笹森様には言わずもがなではございますが、自分の耕す田畑を持たない名子は、処によっては小作よりも軽んじられます」

それは、信郎の育った西脇村でも変わらない。

「もともとは武家であったにもかかわらず、主家が百姓を選んだばかりに、依《よ》る縁《べ》ない身分に落とされてしまった。あらかたの名子は気持ちの底に、そういうわだかまりを抱えていると申せましょう。それだけに、名子から出た百姓と主家との関係は良いはずもございません。しかしながら、この上本条村に限っては別でございました。御先祖が、どのような配慮を積み重ねてきたのか、四十二のわたくしの記憶に、諍《いさか》いのたぐいはひとつとしてなく、それどころか、彼らのほうから進んで、久松家を支えてくれたのです」

自分の身の上を聞くように、信郎は聞いていた。

「なかでも、百姓となってからもずっと力を貸しつづけてくれたのが勘三でございました。久松家は、宝暦の御代にあって〝耕作専一〟を貫く上本条村の領主です。その由緒は郡中でも知れ渡っており、もはや、変わりたくても変われない有り様になっておりました。村人の、そして郡中の目に合わせて、ひたすら家法を守り抜くしかなかったのでございます。そういう久松家の当主に代わって、世の中の新しい動きに進んで触れ、さまざまな智慧と知識をもたらしてくれたのが勘三です。おそらくは商いに手を出したのも、久松家の耳目《じもく》たらんとしてくれたのではないでしょうか。お蔭《かげ》で、わたくしの一存であれば避けられなかったであろうさまざまな失敗を、未然に防ぐことができました。わたくしのような発明に欠ける若輩が、どうにか名主を務めてこられたのも、突き詰めれば勘三が脇を固めてくれたお蔭なのです」

信郎はふっと息をついて、加平の次の言葉を待った。

「勘三は智慧や知識を授けてくれただけでなく、商いで蓄えた財を役立ててくれと申し出てもくれました。名子だった勘三には、久松家が立派なのは押出しだけで、内証が火の車であることは分かり過ぎるほど分かっていたのでしょう。実際、金が金を産む当世にあって、田畑よりの収穫のみで久松家の身代を保つのは、至難の技でございます。幾度、勘三の申し出を、受けようと思ったかしれません。世の中には、そのようにして人を欺こうとする輩が群れておるのは承知しております。もしも相手が勘三でなかったら、助《す》けることで心の鎧《よろい》を外させ、無防備にしたところで、一気に奈落に突き落とす筋を疑ったかも知れません。ですが、勘三ならばその怖れも抱かずに済みました」

信郎は、勘三と顔を合わせてみたかったと、痛いほどに思った。

「とはいえ、勘三の援助を受けるのはなんとか踏みとどまりました。勘三の善意を疑ったわけではございません。己の性根を疑ったからでございます。盤石のように見せながら、その実、いつ落ちるか分からぬ綱渡りを繰り返して、なんとか代を繋《つな》いできた久松家です。いったん、楽を知ったら、もう二度と綱に上がろうとしなくなるのは火を見るより明らかと思えました。勘三の気持ちがどこにあろうと、結果としては同じで、遅かれ早かれ、久松家は没落の憂き目に遭うことでしょう。わたくしは必死で堪《こら》えました。目を真っすぐに戻して、綱を渡り通そうといたしました。しかしながら、百姓としての久松家の身代はなんとか保っても、領主の務めを果たしつづけるのは、もう、どうにも無理でした。十年余り前、郷倉に積む救荒米の半分を占める久松家の米俵を、勘三に出してもらうことにしたのです。以来、御陣屋の御救いは、実は、勘三の御救いでございました」

この十余年の、誇り高き久松家当主の胸奥を、信郎は想った。きっと、加平は十四代の歴代当主に、背信を詫びつづけてきたのではあるまいか……。

「そうして、三年前、私の綱渡りでは、もう、どうにもならぬことが起きました。わたくしは白旗を掲げて、すべてを勘三に委ねたのでございます」

あるいは、そのとき、久松加平の内に聳《そび》えていた御陣屋は瓦解したのかもしれない。

「世の中では、わたくしは私財を投げ打って食糧を確保し、村人を餓死から救った名主とされております。ですが、久松家に、そんな私財などございません。蔵は三棟も建っておりますが、なかに収まっているのはがらくただけで、米俵も小判もなかった。ですから、わたくしの手柄とされている沼の干拓事業についても、わたくしにできるわけがございません。すべては勘三が膳立てしたことなのです。信濃国へ米の買い出しに行ったのも勘三なら、全財産を投げ打って沼を埋め立て、村人に日当を与えたのも勘三です。わたくしはただ指揮をする振りをしていただけでございました」

また凪が出て、こんどは松林も吠《ほ》えた気がした。

「わたくしは幾度も勘三に、おまえが表に立て、と申しました。勘三を名子の出と蔑《さげす》んできた村人を、見返してやる絶好の機会であると申しました。十余年、ずっと黒子でいたのです。もう、いいかげん、陽《ひ》を浴びていい。上本条村の〝耕作専一〟を支えてきた真の功労者が誰であるかを、この際、はっきりさせるべきである。いまこそ先祖の名誉を取り戻すべきときだと、勘三に説きました。わたくしの面目《めんぼく》など、取るに足らなかった」

崩れ落ちても、加平はあくまで御陣屋の当主だと、信郎は思った。加平はどうあっても、真っ当を踏み外すことができない。

「ですが、勘三はそんなちっぽけな人間ではありませんでした。逆に、自分では村を救うことはできないと説かれました。なかには、名子の施しは受けないと村を離れる者も出るはずである。それでは、開村以来、一枚の手余り地も出さずにきた上本条村の名折れになる。また、沼の干拓にしても、久松家の当主が号令をかけるからこそ、事業に背筋が通る。自分が頭に立ったのでは、皆が皆ばらばらで、手抜きだって横行するだろう。人にはそれぞれの役というものがある。名子には名子の、名主には名主の、果たすべき役がある。役のなかでも、久松家当主の役は、わたくし以外に誰も果たすことはできないと、諭《さと》しました。それで、わたくしは、飢饉に敢然と立ち向かう、久松家当主の役を演じつづけることにしたのでございます」

主君も主君なら、家臣も家臣だった。加平の語る勘三に、思わず頭が下がった。そんな英傑《えいけつ》が、それも名子から出た英傑が、江戸から遥《はる》かに離れた在方に、ほんとうにいたのだと思い、江戸の勘定所が、いかにも軽く感じられた。

「飢饉が治まりかけた頃から、わたくしは周りから称賛を浴びるようになりました。郡中に並ぶ者のない百姓の首領と称《たた》えられました。わたくしとしては、それを喜べるわけもございません。それどころか、高まるばかりの称賛に押し潰されそうでした。初めて郷倉の負担の肩代わりを受け入れてから七年、ずっと慚愧《ざんき》の念を抱えつづけてまいりました。それに加えて、宝暦の飢饉の御救いと沼の干拓です。村人の前に立つのが恐ろしかった。視線を向けられるたびに、胸が早鐘のごとく脈打ち、鼓動が躰中に響き渡るのでございます。三月《みつき》ばかり前、飢饉からの復興に尽力した者を江戸の書肆《しょし》がまとめた『仁風総覧』が板行《はんこう》され、真っ先に紹介されたとき、わたくしはとうとう耐えられなくなりました。もはや、飢饉に敢然と立ち向かう、久松家当主ではいられなくなったのです」

さすがの勘三も、加平がそこまで追い詰められるとは、想いもつかなかったのだろう。なんといっても加平は、御陣屋の当主だ。馬はどうしたって、驢馬《ろば》にはなれないと思っていたのかもしれない。

「果たしてどうすればよいのか、悶々《もんもん》として思案しつづけていたわたくしの耳に、半月ほど前に入ってきたのが御公儀による顕彰の話でした。聞けば、対象者は名主以外の者を厚くすると言います。これだ、とすがりつきました。この顕彰を、勘三が積んできた陰徳《いんとく》への陽報《ようほう》にすればよい。わたくしにとって、それは天啓にも思え、有頂天になりました。とはいえ、それを勘三に言えば、反対されるのは必定です。で、わたくしは勘三には無断で申請することに決め、そのことを、組頭の治作と百姓代の弥五郎に伝えました。それが、どういう振る舞いなのかを、考える余力をすっかり失っていたのでしょう。呆れたことに、うきうきとして、わたくしは伝えたのです」

松林が吠えつづけていたが、もはや、耳には入ってこなかった。

「もう、お気づきでしょう。その結末が、あの焼け跡でございます」

「二人が勘三の屋敷に火を放ったのですね」

弥五郎があの場処で塩硝をつくっていると言ったときから、その筋を考えてはいた。

「二人だけならまだ救われるのですが、そうではございません」

顔をうつむけて、加平は語った。

「猛火を吹き上げる屋敷を囲んで、炎の影を顔に揺らめかせていたのは、二人に率いられた惣百姓のすべてでした」

そして、ゆっくりと顔を上げ、腹の深くから言葉を絞り出すようにしてつづけた。

「四十六軒のそれぞれが、一軒前として、火を放ったのです」

それは信郎が、最も怖れた筋だった。

「お分かりでしょう、わたくしのせいなのです。治作のせいでも、弥五郎のせいでもない。わたくしが火を付けたのです。すこし頭を冷やして考えれば、そういう結末になるのは十分に想い及んだはずなのです。もとより、村人たちは嬉々《きき》として〝耕作専一〟に励んでいるわけではありません。皆、堪えているのです。最寄りの在町に行けば、目を引く品物がいくらでも並んでおります。見れば気持ちが揺れるので、見ないようにして通り過ぎるのです。『御陣屋』を念仏のように唱えて、通り過ぎます。『御陣屋』はいろいろな意味を含みます。久松家のときもあれば、久松家の屋敷のときもあり、久松家当主を指すこともある。しかし、念仏としての『御陣屋』は、久松家を題目として〝耕作専一〟を貫いてきた上本条村の由緒そのものを指します。すなわち、それは、一軒一軒の村人の由緒が合わさったものなのです。その由緒を捨てるに捨てられないから、それぞれの一軒前が〝耕作専一〟を継いでいく。商人としての勘三を無視するのも、無視しなければ、そこから〝耕作専一〟が綻ぶからです。皆が、いかに脆《もろ》い土台の上に〝耕作専一〟が築かれているかを知っているのです。だから、縛りをきつくし、山の上から見張りもするのです。なのに、わたくしは、その〝耕作専一〟が、実は、勘三の商いで支えられてきたと伝えた。皆が必死になって守ってきたものが、皆が必死になって退けてきたものに支えられてきたと明かしたのです」

となれば、村人たちは、聴かなかった、ことにするしかなかったかもしれない。そんなことはなかった、ことにするしかなかったかもしれない。そして、加平は当然、それを察するべきだったかもしれない。しかし、加平もまた、追い詰められていたのだ。勘三が顕彰されることが天啓と思えてしまうほどに、切羽詰まっていた。

「そんなわたくしが、村人を糾《ただ》せるわけがございません。最も罪深いのは、わたくしなのです。そして、その己が罪を明かせば、罪に問われるのは、わたくしではなく村人なのです。それゆえ、わたくしも、いっときは口を噤《つぐ》もうといたしました。しかしながら、それでは勘三の一家はこの世にいなかったことになってしまいます。あの屋敷には、勘三の嫁と跡取りもおりました。このままでは三人が命を奪われただけでなく、生きた事実さえ失ってしまいます。久松の家を、そして、上本条村を、ずっと陰で支えてきた家族の時の積み重ねが消えます。無になります。それは、あってはならなかった。身動きできなくなったわたくしに、唯一残された手がかりが顕彰でした。それでも、最後の最後まで踏ん切りがつかず、笹森様には明かすと腹を据えたあとも、書物蔵にご案内するなどして、明かさぬ路を残しました。いまとなっては御利益《ごりやく》は薄くなりましたが、あの蔵は当家の守り札でございます。あれはあれで、当家の真実です。もしも、あれで笹森様に得心していただけるのであれば、明かさぬつもりでおりました。しかしながら先刻、やはり得心はされずに姿を見せられ、わたくしが明かすために江戸からお役人を呼び寄せたと指摘された。もはや、退くことはかなわなくなりました。わたくしは語ることに決め、語りました。すべて、です。これが、この村で起きたことのすべてでございます」

一人で引き受けるには、加平の話はあまりに重かった。

それでも、信郎には、それですべて、とは思えなかった。

「あるいは、訊かぬのが情けなのでしょうが……」

ためらいを残しつつも、信郎は言った。

「なんでございましょう」

「先ほど、あなたはもうひとつ、明かさぬ路を探ったのではありませんか」

「はて……」

「水を汲《く》みに行くと言って中座したとき、あなたは自裁を考えていたのではありませんか。明かす間際になって、やはり明かさずに、あの世へ持っていこうとされ、結局は、明かさねばならぬと思い直して、腹を切らずにここへ戻った……」

「いや……」

加平は目を見開いて声を洩《も》らした。

「いや、いや」

そして、深々と頭を下げて言った。

「すべてを委ねさせていただいて、恐縮の極みでございますが、どうぞ、よろしくお願い申し上げます」

囲炉裏端の敷板に額を擦りつけて、つづけた。

「わたくしが語らせていただいたことを預かるも預からぬも、笹森様の随意でございます。もとより、預かっていただいたあとで、どうされようとも、一言《いちごん》とて言上《ごんじょう》する筋合いではございません」

信郎は、まだ四十二なのにあらかたが白い鬠《まげ》の髻《たぶさ》を、じっと見ていた。

〔七〕

江戸へ着く前の晩の宿で報告書をまとめ上げ、筆を洗おうとして思い直して、もう一通、文書をしたためた。

翌日はその足で下勘定所を目指し、日暮れも近い七つ半頃、大手門番所裏に着いた。果たしてどうか、と想《おも》ったが、信郎に上本条村行きを命じた勘定の青木昌泰はまだいた。勘定所は目付筋と並んで、退《ひ》け刻《どき》の八つ半を過ぎても、灯点《ひとも》し頃《ごろ》を過ぎても、ひとの姿が消えることのない役所だった。

早々に報告書を差し出すと、とにかく顕彰の日取りが迫っているので、昌泰はすぐに目を通して、そして言った。

「なんだ、これは」

言葉と同時に手が動いて、信郎の前に、報告書が放り置かれる。

「報告書、です」

恬淡《てんたん》と、信郎は答えた。

「そうは見えんがな」

昌泰は腕を組んで、つづけた。

「俺は、この前、俺が語ったそのままに書き上げろと言ったはずだ。顕彰は、伝次郎よりも加平のほうがふさわしいという結論でな。聞いておらなかったのか」

「聞いてはおりましたが……」

信郎の顔の色は変わらない。

「現地へ行ってみますと、事情が変わっておりました」

「現地の事情は、関わりなかろう」

昌泰の顔の色も、なんら変わらない。

「事情がどう変わろうと、報告書の結論は決まっている。言わずもがな、だがな」

「申し訳ございませんが、これが、わたくしがまとめることのできる報告書でございます」

「なにやら、おぬしも腹を据えているようだが……」

昌泰は報告書の中身を認めようとしなかったが、けっして問答無用ではなく、それが信郎には意外だった。

「これが通ったら、上本条村は壊れるぞ」

勘定所雇いの普請役が、旗本の勘定の命に、正面切って背いたのだ。言い分を訊《き》かれることもなく、召し放ちを告げられたっておかしくはない。

「村ごと、なくなってしまう。つまり、いまの御勘定所の最大の案件である石代納《こくだいのう》への切り替えも、頓挫《とんざ》するということだ。分かるか」

「はい」

「だから、よしんば、こいつを俺が預かって、上に通したとしても、確実に潰される。まず、まちがいはない」

それは、そうだ。

「で、どいつがこんなものを上げたのか、という詮議になって、俺も、おぬしも咎《とが》めを受ける。けっこうな咎めだ」

それも、そうだろう。

「俺は勘定組頭への路《みち》を閉ざされるどころか支配勘定へあと戻りだろうし、おぬしはまちがいなく召し放ちだ。ここに、いられなくなる」

昨晩、二通の文書を書きつつ、それを考えた。無事で済むはずもない。

「どっちにしろ、潰されるなら、俺のためにも、おぬしのためにも、上ではなく、ここで潰したほうがいい。そうであろう」

「言われるとおりです」

昌泰の言には、一点の破綻もない。

「だから、こいつは俺が灰にしておく。おぬしは今夜中に報告書を書き替えてくれ。そういうことだ」

「恐れ入りますが……」

昌泰には心底《しんてい》より恐縮しつつ、信郎は言った。勘定の普請役に対する態度としては、配慮が厚すぎる。

「書き替えることはできません」

それでも、できないものはできない。潰されることは分かり切っていても、とにかく自分は、この報告書を出さなければならない。

「ほお……」

さすがの昌泰も、意外の色を浮かべる。

「どうにも解《げ》せんな」

ふーと大きく息を吐いてから言った。

「笹森っ」

初めて、信郎を名で呼ぶ。

「俺はおめえを支配勘定に上げてもいいと思ってたんだがな……」

言葉つきもくだけて、江戸言葉になる。

「いまは、古巣の目付筋に、おめえを欲しいと思ってるよ。幕臣の監察を担う目付筋は、四角四面でこその御役目だ。杓子定規《しゃくしじょうぎ》にしか動けねえ奴を探している。いまのおめえみたいにな」

「恐縮です」

それが、元徒目付、青木昌泰の地か。地で語るということか……。

「しかし、おめえはもうちっと道理の分かる男と観てたんだがな。どういう了見だい」

「青木様は……」

おもむろに、信郎は言う。

「名子《なご》、をご存知でしょうか」

「なご……?」

「はい」

「聴いたことがあるような気もするが、覚えちゃあいねえな。なんだい、その、なごってのは?」

「いえ、けっこうです。それよりも、これを」

信郎は懐に手を入れ、もう一通の文書を差し出した。

「お収めいただきたく、存じます」

信郎は話しつつ、ちゃんと、尊敬の物言いも謙譲の物言いも言えた、と思った。声が震えなかったし、もつれもつれなかった。

「こいつはまた、致仕願い、かい」

「はい」

「ずいぶんとごたいそうだが、さっき、俺が、支配勘定に上げてもいいと口にしたのは聞いてたよな」

「もったいなく存じます」

「あれは空手形ってわけでもねえんだが、そう念押ししても、引っこめる気にはならねえかい」

「御厚情には、感謝の申し上げようもございません」

なんで、こんなちゃんとした言葉がすらすらと出てくるのかと、また思う。

「辞めて、どうするつもりだ」

「生地へ還《かえ》ってみようか、と」

「そこで、なにを始める」

「百姓でも、また手代に戻っても」

なにをしてもいい。

自分は勘三になる。

西脇村の、新しい勘三になる。

励み場はそこにある。

もう、武家にならずともいい。

武家にならずとも、名子を識《し》った。

名子という己の境遇を、己で始末できる。

「もう一度、返事を聞いてやってもいいんだぜ」

「無理はいたしておりません」

「ならば、達者でやれ、と言うしかねえみたいだな」

そうして、信郎は大手門番所裏をあとにした。

下谷に戻ったのは、空もすっかり藍色に染まった六つ半である。

勘定所ではしっかりと据わっていた腹が、智恵がいる街の灯りを目にすると、揺らぎ出す。

江戸で武家になると言って、北岡から連れ出したのだ。なのに、とうとう武家の妻にすることができなかった。

ずっと添い遂げたいが、もしも、智恵が離縁を望むなら、すぐに応じる用意でいる。

昨晩、致仕願いを書くに当たっては、もとより、智恵のことを含めて想いを切った。

下谷稲荷が近づいて、信郎はもう一度、覚悟を固め直す。

社の裏に回ると、家作《かさく》の灯りが目に入った。

ずっと庭先の仮住まいで、勘定所の組屋敷に住み暮らす智恵を見ることはできなかったと思いつつ、庭へ回る。

紫陽花はまだ咲いていた。


智恵もまた覚悟を固めている。

信郎に、子ができたことを言おうと思っている。

もしも、武家になるのに邪魔になるようなら、離縁してくれと言おうと思っている。

そうでなければ、別れるつもりはない。

ずっと、信郎の側《そば》にいる。

自分が名子ではなくなって、理兵衛と血がつながっていると分かって、見える景色はすこし変わったのかもしれない。

でも、ひととの関わり方は変わらない。

いくら己の心底を覗《のぞ》いても、信郎への想いは変わらなかった。

信義、ではない。

信義では、女を縛れない。

名子ではなくなった自分は、信郎をいっそう好きになった。

自由な目で見た信郎は、もっと、いい。

あんな風に育って、あんな風にすっと振る舞えるおひとは、めったにいるもんじゃない。

めったに出逢えるもんじゃない。

あのひとは頼もしい。

あのひとは雄々しい。

あのひとと一緒にいれば、きっと幸せになれる。

だから、縛られる。

もうすぐ、あのひとが還ってくる。

著者略歴

青山文平〈あおやま・ぶんぺい〉
1948年神奈川県生まれ。早稲田大学政治経済学部卒業。経済関係の出版社に勤務後、フリーライターを経て、2011年に『白樫の木の下で』で第18回松本清張賞受賞。2015年『鬼はもとより』で第17回大藪春彦賞受賞。2016年『つまをめとらば』で第154回直木賞受賞。他の著書に『かけおちる』『伊賀の残光』『約定』『半席』等がある。

Kadokawa Haruki Corporation

青山文平《あおやまぶんぺい》

励《はげ》み場《ば》

*

2016年9月8日第一刷発行

発行者 角川春樹
発行所 株式会社 角川春樹事務所
〒102-0074 東京都千代田区九段南2-1-30 イタリア文化会館ビル
電話03-3263-5881(営業) 03-3263-5247(編集)
印刷・製本 中央精版印刷株式会社

ISBN978-4-7584-1292-6 C0093
http://www.kadokawaharuki.co.jp/

本書は書き下ろし小説です。